Klarant Verlag

Marc Freund wuchs in Osterholz auf, direkt an der Ostseesteilküste gelegen, die schon von Kindesbeinen an eine große Faszination auf ihn ausübte. Und so spielen viele seiner Geschichten am Meer, dem er sich sehr verbunden fühlt.

Regelmäßig zieht es den Krimiautor auch auf die andere Seite der Küste – an die Nordsee. Derzeit vor allem auf die bezaubernde Insel Langeoog, wo seine Ostfrieslandkrimis spielen.

Seit 2010 ist Marc Freund für verschiedene Verlage tätig. Daneben wurde er auch als Hörspielautor bekannt. Weit über 300 Veröffentlichungen für die unterschiedlichsten Reihen und Serien gehen bisher auf sein Konto.

Marc Freund

Langeooger Juwelen

Die Inselkommissare

Ostfrieslandkrimi

Klarant Verlag

Klarant Verlag, www.klarant.de – www.ostfrieslandkrimi.de
ISBN: 978-3-96586-958-5
1. Auflage 2024
Umschlagabbildung: Klarant Verlag

Printed in the EU.

Kapitel 1

Die Sonne war gerade erst über der Insel aufgegangen. Der Tag war noch frisch, unverbraucht. Und doch kündigte sich bereits etwas Unheilvolles an, eine Sache, die sich bis zum Abend zu einer entsetzlichen Tragödie auswachsen sollte.

Die erste Fähre des Tages hatte gerade von Bensersiel aus abgelegt und ihren Bug mutig in die gischtenden Wellen getaucht. Begleitet wurde sie von einer Schar Möwen, die hoch über dem Schiff ihre Kreise zogen und bisweilen gefährlich nah herabtauchten, auf der Suche nach ein paar Leckereien aus den Händen der Reisenden, die sich an Deck aufhielten.

Der Himmel war klar, fast wolkenlos, die Temperaturen lagen bei knapp über zwanzig Grad und würden bis Mittag noch eifrig zulegen.

An Deck spürte man nichts von der sich anbahnenden Tageshitze. Ein frischer Wind wehte von der See und wirbelte das offene Haar der blonden Frau durcheinander, die an der hinteren Reling der *Langeoog IV* lehnte, die Augen geschlossen und ihren Kopf leicht in den Nacken gelegt.

Der junge Mann im kakifarbenen Hemd ließ seinen Blick für einen Moment auf ihr ruhen und stellte sich vor, wie es wäre, wenn er nicht der wäre, der er war, sondern einer der vielen harmlosen Urlauber und Touristen, die im Sommer so zahlreich auf die Ostfriesischen Inseln strömten.

Er gehörte nicht dazu. Er war in einem bestimmten Auftrag unterwegs, und der hatte sehr viel mit dem Inhalt des braunen Aktenkoffers zu tun, den er vor der Sitzbank zwischen seinen Füßen abgestellt hatte.

Nervös? Nein, das war er nicht. Es gab keinen Anlass dazu. Er hatte nichts weiter zu tun, als diesen Koffer auf der Insel Langeoog an jemanden zu übergeben, der sich ihm mitteilen, sich ihm zu erkennen geben würde. Es kam auf den geeigneten Augenblick an, auf nichts weiter. Sie würden zwei Fremde sein, die sich kurz scheinbar zufällig begegneten und deren Wege sich danach vermutlich für immer trennen würden.

Vielleicht war sie es, die Blonde, die sich an der Reling rekelte und scheinbar den Wind in ihren Haaren genoss. Hatte sie ihn nicht gerade kurz angesehen, durch ihre halb geöffneten Augenlider hindurch? Alles, was er hatte, war eine Mobilfunknummer, die er anrufen sollte, wenn er auf der Insel war.

Leon Krüger spürte ein leichtes Kribbeln unter seiner Haut. Die Vorstellung, dass sie es sein könnte, gefiel ihm, wenngleich er wusste, dass es nicht ratsam war, sich mit ihr einzulassen.

Eine vierköpfige Familie drängte sich an Deck und suchte nach freien Sitzplätzen, die um diese frühe Uhrzeit noch vereinzelt vorhanden waren. Sie ließen sich in Krügers Nähe nieder und störten mit ihren hektischen Bewegungen und ihren Stimmen die Gedankenspiele des Mannes.

Auch die Blonde hatte nun ihre Augen ganz geöffnet und musterte die Neuankömmlinge mit einem leicht verstörten Gesichtsausdruck.

Ihre Blicke trafen sich. Krüger lächelte ihr zu. Dieses Lächeln brach ganz automatisch aus ihm hervor. Fast war ihm, als wäre durch seine Gedanken schon etwas Vertrautes zwischen ihnen beiden.

Die Frau an der Reling erwiderte sein Lächeln, wandte dann jedoch ihren Blick ab, drehte sich um und sah auf das Meer hinaus. Die Küste war bereits zu einem schmalen Strich am Horizont zusammengeschmolzen. Gleichzeitig tauchte nach und nach auf der Bugseite Langeoog vor ihnen auf.

Nur noch vereinzelte Möwen begleiteten sie noch immer auf ihrer Fahrt. Einige von ihnen würden sich auf der Insel niederlassen. Das kam für Krüger nicht infrage. Er würde den Koffer übergeben, nachdem man ihm per Handymessage den Ort und die Uhrzeit durchgegeben hatte. Dies war der Part seines Jobs, der ein wenig Nervenkitzel bedeutete.

Eine Versuchung übte der Koffer nicht auf ihn aus. Keinen einzigen Gedanken hatte er an die Option verschwendet, ganz einfach mit dem Inhalt durchzubrennen, irgendwohin. Weil er wusste, dass es ihn nicht glücklich machen würde. Ein Gejagter, das wäre er, für den Rest seines Lebens auf der

Flucht. Und irgendwann würden sie ihn kriegen. Nein, manchmal war es einfach besser, sich mit dem Spatz in der Hand zufriedenzugeben. Das war eine Lektion, die er in seinem Leben erst hatte lernen müssen.

Die Fähre setzte unterdessen ihren Weg unbeirrbar fort, durchschnitt die Wellen und schaukelte hin und wieder sanft von Backbord nach Steuerbord.

Langeoog wirkte wie ein besonders großer Korken, der in etwa zweihundert Metern Entfernung auf und ab hüpfte.

Das Fährschiff passierte einige Minuten später die Südmole und fuhr in den Inselhafen ein. Das Gewässer wurde ruhiger, die Anlegestelle kam in Sicht.

Krüger saß noch immer auf der Bank und genoss den Wind, der sein Gesicht kühlte.

Die Blonde hatte sich eine Sonnenbrille aufgesetzt, stieß sich von der Reling ab und bewegte sich mit eleganten Schritten an ihm vorbei. Sie lächelte ihm zu. Ein Hauch von zartem Parfum streifte Krüger. Er sah der Frau nach, wie sie ihren Weg in Richtung Ausstieg fortsetzte, wo sich bereits einige Fahrgäste versammelt hatten, obwohl das Schiff erst in ein paar Minuten anlegen würde.

Als es so weit war, griff er nach seinem Koffer und erhob sich von seinem Platz, wobei er der Familie neben ihm den Vortritt ließ.

Der Schiffsmotor röhrte für einen Augenblick, bis die *Langeoog IV* ihre Position an der Kaimauer gefunden hatte und gesichert worden war. Die Gangway wurde heruntergeklappt und die Menschentraube, die sich vor dem Ausstieg gebildet hatte, löste sich nach und nach auf.

Krüger war einer der Letzten, die das Schiff verließen. Er nickte dem am Ausstieg postierten Offizier zu, wünschte ihm einen angenehmen Tag und hatte kurz darauf festen Boden unter den Füßen.

Ein leichter Wind wehte über Langeoog und ließ die Ärmel seines Hemds leise flattern.

Krüger atmete tief durch und visierte die Inselbahn an, die bereits mit ihren verschiedenfarbigen Wagen am Bahnsteig wartete, um die Inselbesucher Richtung Ortskern zu transportieren.

Ein Waggon war für das Gepäck reserviert, das die Reisenden bereits in Bensersiel aufgegeben hatten. Viele nutzten den Service, es vom Inselspediteur am Bahnhof abholen und gegen einen kleinen Preisaufschlag bis zum Feriendomizil transportieren zu lassen.

Krüger hingegen hatte nicht vor, sich von seinem Aktenkoffer zu trennen. Noch nicht.

Mit gemächlichen Schritten hielt er auf den Zug zu. Er ertappte sich dabei, wie er nach der blonden Frau Ausschau hielt, doch die war nicht mehr zu sehen.

Dafür drängte sich die Familie, die er an Bord bereits wahrgenommen hatte, unmittelbar vor ihm in den grünen Wagen.

Krüger reihte sich geduldig in die Schlange und wartete, bis er dran war.

Die Insel und selbst das bunte Treiben, alles wirkte beschaulich und friedlich. Doch das sollte nicht so bleiben. Krüger wurde bereits von mehreren Personen beobachtet.

Nur wusste er das nicht.

Kapitel 2

»Da ist er!«

Inselkommissar Gerret Kolbe erhielt einen sanften Stoß in seine Rippen und drehte sich instinktiv zu seiner Kollegin Rieke Voss um. Die schüttelte den Kopf.

»Nicht hier. Da!« Die rothaarige Polizistin deutete mit einem Kopfnicken in Richtung der wartenden Inselbahn.

Kolbes Blick fiel auf einen etwa dreißigjährigen Mann mit dichtem, fast glänzendem, brünettem Haar. Er trug Jeans und ein beiges Hemd mit kurzen Ärmeln. In seiner rechten Hand hielt er einen braunen Aktenkoffer und machte sich gerade daran, den grünen Wagen der Inselbahn zu besteigen.

»Krüger«, flüsterte Rieke, obwohl der Mann sie über diese Distanz hinweg unmöglich hören konnte.

Kolbe nickte. Sie beide mussten nicht erst das Foto zurate ziehen, das sie auf ihren Handys hatten. Die Aufnahme hatten sie in den letzten Tagen häufig genug betrachtet und ebenso oft war von ihm die Rede gewesen. Von Leon Krüger, der auf die Insel kommen würde, um einen Haufen gestohlener Juwelen an einen Händler zu übergeben. Eine Person, von der man nichts wusste, von der die Behörden lediglich annahmen, dass sie direkt aus Amsterdam kam, wohin die Beute mit großer Wahrscheinlichkeit landen sollte, um von dort aus weiterverkauft zu werden.

Um das zu verhindern und um sowohl Krüger als auch den unbekannten Dealer zu fassen, waren die beiden Inselkommissare vor Ort. Den Tipp hatten sie von den Kollegen der Polizei in Amsterdam erhalten, genauer gesagt von Polizeihauptkommissar Louis van Rijn, der auf direktem Weg die Dienststellenleiterin von Langeoog, Gesa Brockmann, verständigt hatte. Zuerst war eine enge Zusammenarbeit angestrebt worden, doch die deutsche Hauptkommissarin hatte sich schließlich mit ihrer Ansicht durchgesetzt, dass es besser war, die Inselkommissare auf vertrautem Terrain agieren zu lassen. Natürlich wurden laufend Informationen ausgetauscht.

Riekes Meldung, dass Krüger von ihnen gesichtet worden war, hatte es sicher bereits nach Amsterdam geschafft.

»Es geht los«, sagte Kolbe knapp. Er hatte sich eine Sonnenbrille aufgesetzt und trug einen Rucksack über seinem kurzen Hemd.

Rieke hatte sich für ein dunkelgrünes T-Shirt und kurze Hosen entschieden. Ihre rote Mähne hatte sie zu einem Pferdeschwanz geflochten. Ihre Sonnenbrille hatte sie sich ins Haar gesteckt.

Die Kommissarin nickte, nahm einen Schluck aus ihrer Wasserflasche und setzte sich zusammen mit Kolbe in Bewegung. Die beiden Beamten unterschieden sich nicht von den Touristen, die in wenigen Minuten die Insel bevölkern würden. Genauso sollte es sein.

Kolbe und Voss tauchten in das Gewühl, das sich vor der Bahn gebildet hatte. Sie schoben ein wenig und drängten sich dem Einstieg in den grünen Passagierwagen entgegen.

»He, Vordrängeln ist nicht!«

Ein leicht übergewichtiger Mann mit schütterem Haar und blasser Haut machte ein wütendes Gesicht, als die beiden Polizisten Anstalten machten, einzusteigen.

Rieke Voss drehte sich zu dem Urlauber um. »Tut mir leid, war nicht böse gemeint.«

»Ist mir egal, wie`s gemeint war«, blaffte der andere zurück. »Sie lassen mich gefälligst erst einsteigen, immerhin war ich vor Ihnen hier!«

»Jetzt regen Sie sich mal nicht so auf. Ich bin sicher, dass es noch genügend Sitzplätze gibt.« Rieke Voss hatte eine Spur energischer gesprochen, es aber dennoch geschafft, dabei zu lächeln. Ein entwaffnendes Lächeln, wie ihr mitunter scherzhaft gesagt wurde.

»Kann schon sein«, antwortete der Tourist. »Ja, kann sein, dass es da drinnen noch Plätze gibt. Trotzdem war ich vor Ihnen dran. Also machen Sie bitte Platz, ja?«

Gerret Kolbe drehte sich zu den Streithähnen um. Er sah, dass sich eine Zornesfalte im Gesicht seiner Kollegin gebildet hatte. Bevor Rieke antworten konnte, zupfte er sie leicht am Arm.

»Lass gut sein«, sagte er leise und deutete mit einem Kopfnicken zu einem der Fenster des Wagens, hinter dem Krüger offensichtlich gerade einen Sitzplatz gefunden hatte.

Rieke bedachte den Urlauber mit einem giftigen Blick und schluckte die ebensolche Bemerkung, die ihr auf der Zunge gelegen hatte, herunter. Dieses Mal musste sie sich zu einem Lächeln zwingen und es geriet daher auch bei Weitem nicht so zauberhaft wie das erste. Sie vollführte eine einladende Handbewegung.

»Bitte gehen Sie vor, aber tun Sie es nach Möglichkeit jetzt, damit wir auch noch einsteigen können.«

Der blasse Kerl blinzelte gegen die Sonne und verzog das Gesicht. »Keine Sorge. Ich habe gehört, drinnen gibt es noch ausreichend Sitzplätze.«

Der Mann drehte sich zu den beiden Frauen um, die er im Schlepptau hatte.

»Komm Mutti, wir sind dran.« Er fasste eine ältere Dame mit silbernem Haar und verkniffenem Gesichtsausdruck beim Ellenbogen und bugsierte sie auf den Einstieg zu.

»Lass mich los! Ich kann allein gehen!« Die Dame riss sich los, raffte ihre Stola zusammen, die sie sich über ihre mageren Schultern gelegt hatte, und bestieg die erste der beiden Stufen.

»Du sollst sie nicht immer bevormunden«, sagte die jüngere Frau, die sich nun vor ihren Mann schob. »Du weißt doch, wie sehr sie das hasst.«

»Sie hasst in letzter Zeit alles«, gab der Mann ungeniert zurück. »Und vor allem hasst sie mich.«

Die Frau bedachte ihren Mann mit einem argwöhnischen Blick. »Es war deine Idee, hierher in den Urlaub zu fahren, nicht meine!«

»Ja«, antwortete er verbissen, »weil die Insel einen vierzehn Kilometer langen Strand hat und ich dafür sorgen werde, dass ich nie am gleichen Ende wie deine Mutter bin!«

Seine Frau rollte mit den Augen und machte eine scheuchende Handbewegung. »Jetzt steig schon ein, bevor wir sie in der Menge verlieren.«

Der Mann gab ein bitteres Lachen von sich. »Das wäre mal ein Urlaubsauftakt nach Maß!«

Die beiden Inselkommissare sahen ihnen hinterher.

»Die werden hier noch viel Spaß haben«, bemerkte Kolbe, ließ Rieke den Vortritt beim Einsteigen, bevor er selbst endlich an der Reihe war.

Es gelang den Kommissaren, zwei Plätze am hinteren Ende des Wagens zu ergattern. Rieke blickte schräg nach links und erkannte Leon Krüger, der sein rechtes Bein hochgestellt hatte und sich mit dem Ellenbogen auf sein Knie stützte. Dabei blickte er durch das Fenster auf den Bahnsteig hinaus. Seinen Koffer hatte er vermutlich im Fußraum platziert.

Neben ihm hatte die alte Dame ihren Platz gefunden. Sie trug ein dunkles Kleid und zupfte unentwegt an ihrer schwarzen Strickstola herum. Darunter blitzte hin und wieder eine zweireihige Perlenkette auf.

»Sitzt du gut, Mutti?«, fragte der blasse Mann, der zwei Reihen weiter saß. Er kassierte dafür von seiner Frau, die neben ihm saß, einen Ellenbogencheck. »Jetzt lass sie doch zufrieden.«

»Was denn?«, antwortete der Mann hitzig. »Ich will doch nur, dass sie es bequem hat. Damit sie hinterher nicht behaupten kann, wir hätten uns nicht um sie gekümmert.«

»Ich kümmere mich schon um sie. Das tue ich immerhin den ganzen Tag, sieben Tage die Woche und vier Wochen im Monat.«

»Und trotzdem meckert sie noch rum«, antwortete der Mann und stieß einen tiefen Seufzer aus. »Machen wir uns nichts vor: Hier wird sie sicher auch genügend Gründe finden. Im Schatten ist es zu kalt, in der Sonne zu warm … und dann der ganze Sand überall!«

»Wie gesagt«, gab seine Frau zu bedenken, »es war deine Idee.«

Der Mann grummelte etwas Unverständliches. Dann schlossen sich die Türen des Wagens und die ohnehin schon stickige Luft wurde noch eine Spur aufgeladener und unerträglicher.

Mit einem leichten Ruck setzte sich die Inselbahn in Bewegung.

»Weiß man eigentlich, wo Krüger untergekommen ist?«, fragte Kolbe leise.

Rieke schüttelte den Kopf. »Er hat keine Wohnung und kein Zimmer gemietet. Wahrscheinlich findet der Deal irgendwann heute tagsüber statt, damit er noch mit einer der Fähren die Insel wieder verlassen kann.«

»Macht Sinn«, antwortete Kolbe leise.

»Und ist garantiert weniger auffällig«, fügte die rothaarige Ostfriesin hinzu.

Die Inselbahn passierte den Minigolfplatz, der nicht nur bereits geöffnet hatte, sondern auch gut besucht war. Beinahe alle Bahnen waren besetzt.

Das Inselwäldchen kam direkt danach in Sicht. Es handelte sich vorwiegend um eine Ansammlung von Laubbäumen wie Birken, Erlen oder Pappeln, aber auch die für die Ostfriesischen Inseln eher untypische Kiefer war hier anzutreffen. Vor vielen Jahren hatte sich an dieser Stelle ein Militärflugplatz befunden. Jetzt war das Gelände grün, teilweise sogar verwildert, von Hecken und Sträucher durchzogen und bot den heimischen Rehen Schutz. Hier und da wurde es durch Wanderwege und einen offiziellen Reitweg durchzogen.

Auf Kolbes Seite lag in Fahrtrichtung der Golfplatz, an den sich der Langeooger Flugplatz anschloss. Eine Handvoll Propellermaschinen glitzerte in der Morgensonne.

Leon Krüger saß noch immer in derselben Position, die er bei Fahrtbeginn gewählt hatte. Auch hatte er nicht ein einziges Mal seinen Blick von der langsam vorbeiziehenden Landschaft abgewendet.

Rieke Voss zückte erneut ihre Wasserflasche und nahm einen langen Schluck, wobei sie kurz über den Rand in Krügers Richtung blickte. Er schien äußerlich gelassen und ruhig, wirkte sogar beinahe entspannt.

Sie drückte den Verschluss herunter und wandte sich an ihren Sitznachbarn: »Wie steht es eigentlich um deine Eltern? Ich meine … hat deine Mutter sich an das Leben im Seniorenheim gewöhnt oder … oder sollte ich das Thema lieber nicht anschlagen?«

»Schon okay«, gab Kolbe zurück. »An guten Tagen weiß sie, wo sie ist. Dann ist alles mehr oder weniger in Ordnung. Auch meinen Vater erkennt sie in diesen Situationen. Es hat den Anschein, als habe sie sich mit ihrer neuen Umgebung arrangiert.«

Rieke nickte nachdenklich. »Weißt du, ich habe es anfangs nicht wahrhaben wollen. Die Sache mit deiner Mutter und dass sie noch am Leben sein sollte, nachdem sie von aller Welt für tot gehalten wurde. Nur du hast an die Möglichkeit geglaubt, dass der Fall anders liegt. Ich gebe zu: Ich habe dich für einen Spinner gehalten. Oder etwas weniger drastisch: Dass du dich in diese Sache total verrannt hattest.«

»Stimmt ja auch«, antwortete Kolbe leise und ohne seinen Blick von der Landschaft abzuwenden. »Ich hatte mich verrannt. Es gab Tage, an denen ich an nichts anderes mehr denken konnte.«

»Es ist möglicherweise ja nicht wichtig für dich«, fuhr Rieke fort, »aber es tut mir im Nachhinein leid, dass ich dir anfangs nicht geglaubt habe. Sorry dafür.«

Kolbe bewegte seinen Kopf in ihre Richtung. Er sah sie für eine Weile an. Seine Mundwinkel zuckten.

»Schon in Ordnung. Wäre ich in deiner Situation gewesen, ich hätte mir auch nicht geglaubt.« Kolbe rang sich ein Lächeln ab.

Rieke erwiderte es und klopfte ihrem Kollegen sanft auf die Schulter. Kurz darauf wanderte ihr Blick wieder zu Krüger hinüber.

»Was macht er?«, fragte Kolbe leise.

Sie zuckte mit den Schultern. »Was soll er schon großartig tun? Er hockt auf seinem Platz und sieht raus. Er hat noch nicht einmal auf die Uhr oder auf sein Handy gesehen. Es scheint, als sei er total gechillt.«

In dieser Sekunde verlagerte Krüger seine Sitzposition und sah Rieke dabei direkt in die Augen.

Die Inselkommissarin reagierte sofort, stieß Kolbe an und deutete auf die ersten Gebäude, die linksseitig der Bahnstrecke auftauchten. Die Reithalle und kurz dahinter die Langeooger Klinik. Dabei murmelte sie etwas Unverständliches und war im nächsten Augenblick froh, dass Kolbe auf ihr Spiel einging.

Krüger wandte seinen Blick ab und starrte für einen Moment zu Boden. Ob er etwas bemerkt hatte?

Die Inselbahn näherte sich währenddessen dem Bahnhof und verlangsamte allmählich das Tempo.

In zwei Minuten würden sie ihr Ziel erreicht haben. Dann kam es darauf an, Krüger nicht aus den Augen zu lassen, und zwar so, dass er zu keinem Zeitpunkt Verdacht schöpfte. Sollte das passieren, blieben ihnen zwar immer noch der Mann und die gestohlenen Juwelen aus seinem Koffer, aber der Dealer aus Amsterdam würde ihnen dabei aller Wahrscheinlichkeit nach durch die Lappen gehen.

Mit einem quietschenden Geräusch kam der Zug zum Stehen. Die ersten Fahrgäste hatten sich bereits während der Anfahrt von ihren Sitzen erhoben. Stimmen wurden laut, es herrschte allgemeine Aufbruchsstimmung, gepaart mit allerhand frohen Erwartungen an den ersten Urlaubstag auf der Insel.

Auch Kolbe und Voss erhoben sich und peilten dabei den Ausgang an, den auch Krüger für sich gewählt hatte.

Die Türen öffneten sich und Krüger stieg aus.

Die beiden Polizisten reihten sich in die Schlange, die im Gang entstanden war. Plötzlich geriet sie ins Stocken.

»Was ist denn los?«, fragte die Frau des blassen Manns.

»Keine Ahnung«, antwortete er, »aber ich wette, es liegt an deiner Mutter.« Er deutete nach vorne. »Sie hält mal wieder den ganzen Verkehr auf.«

»Bitte gehen Sie doch weiter!«, herrschte Kolbe den Mann an.

Der Blasse drehte sich zu ihm um, erkannte ihn und verzog das Gesicht. »Erst mal können vor Lachen.«

Der Mann drängte sich an zwei Kindern vorbei und hatte schließlich seine Schwiegermutter erreicht.

Kolbe und Voss sahen sich hilflos an. Sie steckten mitten im Wagen fest.

»Was ist denn, Mutti?«

Die alte Dame sah sich suchend um. »Ich glaube, ich habe mein Taschentuch fallenlassen. Das mit meinem eingestickten Monogramm. Es muss hier irgendwo sein.« Sie drehte sich im Gang um und betrachtete hilflos den Platz, auf dem sie eben noch gesessen hatte.

Kolbe versuchte, sich an den Wartenden vorbeizuschieben, doch es war aussichtslos. Er prallte an dem blassen Mann ab, der nun absichtlich den Weg versperrte.

Rieke starrte aus dem Fenster, an dem Krüger in diesem Augenblick vorüber ging, in Richtung des Ortskerns.

»Jetzt überleg doch mal in aller Ruhe«, schlug der Reisende vor. »Wo hast du es denn zuletzt gehabt?«

»Was für eine dumme Frage«, antwortete die Frau. »Na hier! Hier im Zug.«

»Hast du denn schon in deiner Handtasche nachgesehen?«

»Natürlich habe ich das. Aber es ist nicht drin.«

»Bist du dir sicher?«

»Natürlich bin ich das. Hältst du mich etwa für senil?«

Rieke Voss schob sich an Kolbe und den beiden hilflos feststeckenden Kindern vorbei.

»Entschuldigung, darf ich mal?« Sie schob den Blassen mit einer energischen Bewegung beiseite, beugte sich über die Sitze und zog mit spitzen Fingern ein weißes Leinentaschentuch hervor, das in den Spalt zwischen zwei Plätzen gerutscht war. Die Kommissarin hielt das Tuch demonstrativ in die Höhe. »Ist das Ihres?«

Der Blick der alten Dame bekam etwas Argwöhnisches. Sie riss der Jüngeren ihr Eigentum aus der Hand.

»Da ist es ja! Wo haben Sie es gefunden?«

Rieke deutete auf die Stelle zwischen den beiden Sitzplätzen.

Die Frau schüttelte den Kopf. »Möchte mal wissen, wer es dort hingetan hat.«

»Vielleicht können wir jetzt endlich aussteigen«, schlug Kolbe vor.

Langsam setzte sich der Tross in Bewegung.

Die beiden Inselkommissare drängten ins Freie. Die Luft auf dem Bahnsteig flirrte vor Hitze.

Menschen liefen durcheinander. Der Inselspediteur hatte bereits damit begonnen, das Gepäck der Reisenden auf seinen Elektrowagen zu laden. Die Situation war unübersichtlich.

»So ein verdammter Mist!«, stieß Kolbe aus. »Wir hätten doch unsere Dienstausweise vorzeigen sollen.«

»Nur ruhig Blut«, antwortete Rieke, die sich auf die Zehenspitzen gestellt hatte und dabei ihren Kopf abwechselnd in nahezu alle Richtungen reckte. »Wir werden ihn schon wiederfinden. Er ist auf jeden Fall in diese Richtung gegangen.« Sie deutete auf den Bahnhofsvorplatz, der direkt in die Hauptstraße mündete, die wiederum in Richtung Inselkirche und Gemeindehaus führte, aber auch an einigen Hotels und Lokalen vorbei. Ein Weg, den ein großer Teil der Neuankömmlinge ebenfalls gewählt hatte.

Die Inselkommissare setzten sich in Bewegung und beschleunigten ihre Schritte, sobald sie den großen Platz vor dem Bahnhof erreicht hatten.

»Was ist, wenn wir es versemmelt haben?«, platzte es aus Kolbe heraus, der immer wieder über seine Schulter herumblickte. »Wenn wir ihn verloren haben? Die Brockmann macht uns beide einen Kopf kürzer. Und wenn ich Pech hab, macht sie es bei dir zuerst, sodass ich noch zugucken muss.«

»Jetzt entspann dich doch mal«, antwortete Rieke. Sie schenkte ihrem Kollegen einen kurzen Seitenblick. »Was ist denn überhaupt los mit dir? So nervös kenne ich dich ja gar nicht.«

Kolbe vollführte eine wegwerfende Handbewegung. »Ach was, ich bin überhaupt nicht nervös. Ich denke nur, dass diese Sache hier eine ziemlich große Nummer ist. Was ist, wenn er diesen dämlichen Koffer schon an jemanden übergeben hat? Dann nützt uns Krüger nicht mehr viel.«

Die Inselkommissarin wischte sich über ihre glänzende Stirn. »Klingt so, als wärst du auf eine Beförderung aus, mit der du es dir nicht verderben willst. Ich glaube, da vorne ist er. Und seinen Koffer hat er auch noch bei sich.«

Sie deutete auf eine einzelne Gestalt, die aus der Ferne winzig wirkte. Aber sie trug einen schmalen Aktenkoffer und passte auch ansonsten zu Krügers äußerem Erscheinungsbild.

»Das ist er«, bestätigte Kolbe. »Nichts wie hinterher.«

Sie holten rasch auf. Was hauptsächlich daran lag, dass Krüger offenbar alle Zeit der Welt hatte. Er schlenderte die Hauptstraße entlang und nahm sich sogar die Zeit, einen Augenblick in der Nähe der Inselkirche stehen zu bleiben, um sich eine Zigarette anzuzünden.

Die Inselkommissare mussten jetzt sogar ihr Tempo verlangsamen, um nicht aufzufallen. Sie beobachteten aus einer sicheren Position heraus, wie Krüger weiterging, seinen Koffer noch immer fest in der rechten Hand.

Er bog in die Barkhausenstraße ein, wo es im vorderen Drittel ein gemütliches Café gab. Krüger blieb vor den bunten Sonnenschirmen im Außenbereich stehen, tauchte in ihre Schatten und wirkte für einen Moment unschlüssig. Er sah auf seine Armbanduhr und entschied dann offenbar, das Lokal zu betreten.

Kolbe und Voss näherten sich.

»Was jetzt?«, fragte Kolbe. »Gehen wir rein?«

Seine Kollegin schüttelte den Kopf. »Zu auffällig.«

Sie sah sich um und nickte nach rechts hinüber.

»Lass uns den Tisch da ganz außen nehmen. Da kann er uns von drinnen nicht sehen.«

Kolbe nickte. Sie schlenderten zu dem Tisch hinüber, rückten die Stühle zurecht und setzten sich.

Es dauerte nicht lange, bis eine junge Kellnerin durch die geöffnete Tür kam, um ihre Wünsche aufzunehmen. Die Inselkommissare bestellten zwei Cappuccinos und sahen der Frau aus dem wohltuenden Schatten des Sonnenschirms heraus nach.

»Wir können nicht den ganzen Tag hinter ihm herlaufen«, sagte Kolbe leise. Er hatte sich weit über die Tischplatte gebeugt.

Rieke schüttelte den Kopf und blickte auf ihre Uhr. »In zwei Stunden übernimmt Enno. Am Nachmittag sind wir wieder dran. Wir müssen einfach darauf bauen, dass er keinen Verdacht schöpft.«

Kolbe nagte nachdenklich an seinem Daumennagel. »Weißt du, was mir komisch vorkommt?«

»Nein – was?«

»Dass er sich unbedingt drinnen einen Platz gesucht hat. Was, wenn er sich dort mit jemandem trifft, um die Übergabe stattfinden zu lassen?«

»Wenn das so sein sollte, würden wir die Person beim Rauskommen am Koffer erkennen. Ich glaube kaum, dass sie es wagen werden, die Juwelen da drinnen auszupacken, nur um sie in einen anderen Transportbehälter zu tun.«

»Irgendwie gefällt mir das nicht«, gab Kolbe zu bedenken.

Rieke sah zur Tür hinüber, die wenig vom Inneren des Lokals erkennen ließ.

»Ich werde reingehen und nach der Toilette fragen. Dann werde ich ja sehen, ob er noch allein ist.«

Kolbe nickte ihr zu.

Auf ihrem Weg ins Innere begegnete Rieke der Kellnerin mit ihrer Bestellung.

Kolbe sah seiner Kollegin nach, wie sie das Café betrat und vom Dunkel des Eingangsbereichs geradezu verschluckt wurde.

»Darf ich gleich kassieren?« Die Kellnerin lächelte den Kommissar an, wobei sie ihren Kopf leicht schräg hielt. Das dichte blonde Haar machte diese Bewegung mit.

Kolbe zahlte die Rechnung und nippte vorsichtig an seinem Getränk. Er wischte sich mit dem Handrücken den Schaum von den Lippen.

In diesem Augenblick kam Rieke aus dem Lokal. Dass etwas nicht in Ordnung war, erkannte Kolbe auf den ersten Blick.

»Was ist los?«, fragte er, noch ehe sie ganz ihren Tisch erreicht hatte.

»Verflixt, er ist weg, wir sind aufgeflogen!« Rieke sah ihn aus großen Augen an.

»Was soll das heißen?«, fragte Kolbe. »Wo kann er denn hin sein?«

»Ich habe überall nachgesehen. Ich fürchte, er ist durch die Hintertür raus, Kolbe.«

Kapitel 3

Sie rannten durch das Lokal, durch die noch immer angelehnte Hintertür, die auf einen engen und von hohen Bäumen beschatteten Innenhof führte.

Er schloss an einer Mauer aus Felssteinen ab, die das Grundstück von der Straße trennte.

»Da muss er rüber sein«, entschied Rieke und jagte auf das Hindernis zu.

Kolbe überlegte nicht lange, sondern folgte seiner Kollegin auf dem Fuß. Die Felsmauer war allenfalls anderthalb Meter hoch und hielt die beiden Beamten nicht lange auf.

Die Barkhausenstraße beschrieb an dieser Stelle ein großes U, das um einen Komplex von mehreren Geschäftshäusern herum führte.

»Ob er hier vorne zurück auf die Straße ist?«, überlegte Rieke.

Kolbe schüttelte sofort den Kopf. »Dann hätte er an der Ecke direkt an mir vorbeimüssen. Das hätte ich bemerkt.«

»Also ist er entweder in einem der Häuser verschwunden, oder er ist erst hinter dem Souvenirladen wieder auf die Straße zurückgelaufen.«

»Oder querfeldein durch die Dünen«, fügte Kolbe hinzu. »Dann können wir die Sache so gut wie vergessen. Da finden wir ihn nie wieder.«

»Okay, ich übernehme die Straße, du die Dünen«, entschied Rieke.

Kolbe nickte knapp. Es war keine Zeit mehr für Worte.

Beide rannten los.

Der Inselkommissar huschte zwischen zwei Häusern hindurch und befand sich bereits im nächsten Augenblick inmitten eines großflächigen Dünenareals, das an seinem äußeren Rand mit dichtstehenden Laubbäumen bewachsen war.

Kolbe irrte zwischen den Erlen hindurch, blieb jedoch immer wieder stehen, um sich umzusehen.

Allzu weit war Krüger sicher noch nicht gekommen. Aber wenn er es geschickt angestellt hatte, konnte er sich jetzt bereits auf irgendeinem illegalen Weg zum Strand hinunter befinden.

Kolbe fluchte lautstark, als er über eine Wurzel stolperte und beinahe der Länge nach hingeschlagen wäre. Im letzten Moment fing er sich. Sein Blick irrte in sämtliche Richtungen. Nirgends waren die Bewegungen eines Flüchtenden zu sehen. Hier war niemand. Nur aus einiger Entfernung drangen fröhliche Stimmen vom Strand zu ihm herüber.

Hier hingegen war es totenstill. Irgendwie glaubte er nicht daran, dass es Krüger auf seiner Flucht ausgerechnet an diese Stelle verschlagen hatte.

Die Bestätigung seiner Annahme erhielt er im nächsten Augenblick, als sich das Funkgerät meldete, das er unauffällig im Rucksack bei sich trug.

Er zerrte an dem Reißverschluss und öffnete ihn mit einem hellen *Ritsch*.

»Hier Kolbe, was gibt es?«

Riekes Stimme schnarrte durch den kleinen Lautsprecher: »Er ist hier! Barkhausenstraße! Er versucht, sich Richtung Gartenstraße abzusetzen!«

Der Kommissar drückte die Sprechtaste. »Verstanden! Ich komme sofort dorthin!«

Kolbe wirbelte auf der Stelle herum und rannte in die Richtung, aus der er gekommen war.

Schweiß strömte über seine Stirn und rann ihm durch die Augenbrauen. Er versuchte, ihn wegzublinzeln.

Zurück auf die Straße. Einige wenige Passanten waren darauf unterwegs. Ein Radfahrer schrammte haarscharf an Kolbe vorbei, als er mit einem Satz auf den Asphalt hinaus hechtete. Die Barkhausenstraße verlief schnurgerade bis zur nächsten Kreuzung. Kolbe glaubte, Rieke dort zu erkennen, wie sie dem Flüchtenden nachsetzte.

Der Kommissar beschleunigte sein Tempo. Die Sohlen seiner Sportschuhe erzeugten hektische Laute auf dem Straßenbelag.

Die Temperaturen mussten inzwischen auf nahezu dreißig Grad geklettert sein. Dazu herrschte im Augenblick bemerkenswert wenig Wind. Die Luft über der Straße flimmerte und machte die Konturen der Dinge ringsherum unscharf. So kam ihm Rieke drüben an der Kreuzung vor wie eine unwirkliche Gestalt, von der mehr oder weniger nur ihre wabernden Umrisse zu sehen waren.

Kolbes Herz hämmerte in seiner Brust. Er jagte an einigen Touristen vorbei und hielt auf die Stelle zu, an der er seine Kollegin zuletzt gesehen hatte. An der Kreuzung wandte er sich nach rechts, in die Gartenstraße hinein. Zahlreiche Häuser standen auf beiden Seiten, darunter viele Ferienwohnungen und Pensionen.

Kolbe glaubte, in weiter Ferne den Elektrowagen des Inselspediteurs zu erkennen, wie er sich Richtung Osten entfernte.

Der Kommissar rannte weiter. Irgendwo vor ihm musste Rieke sein. Er konnte sie nicht erkennen, weil ein Pulk von Radfahrern ihm die Sicht versperrte.

Das brachte ihn auf eine Idee. Er stellte sich mitten auf die Straße und breitete die Arme aus.

Einige der Radfahrer begannen hektisch zu klingeln, doch Kolbe wich keinen Millimeter zurück.

Ein schwitzender Mann mit einer Baseballcap und kurzen Hosen machte eine wedelnde Handbewegung.

»Gehen Sie aus dem Weg, Mann! Wollen Sie, dass ich Sie umfahre?«

»Ich will, dass Sie mir Ihr Fahrrad geben«, antwortete der Kommissar und zückte seinen Dienstausweis.

Der Radler verzog das Gesicht. »Hä? Was glauben Sie, wer Sie sind – Chuck Norris, oder was?«

»Her damit, Mann!«, blaffte Kolbe zurück und riss mit einer energischen Bewegung am Lenker. »Das ist ein polizeilicher Notfall!«

Der Urlauber geriet ins Wanken. Mit einem Satz sprang er vom Rad, als hätte ihm der Sattel gerade den breiten Hintern versengt.

»So was hab ich ja noch nie erlebt!«

»Trösten Sie sich«, gab Kolbe hastig zurück, »ich auch nicht!« Er schnappte sich das Rad und schwang sich auf den Sattel. Wie bei der Pyrenäen-Etappe der Tour de France stellte er sich in die Pedale und jagte los.

Unterwegs kassierte er verwunderte Blicke der anderen Touristen, die größtenteils sogar stehen blieben, um das Schauspiel weiter zu verfolgen.

Nach etwa fünfzig Metern hatte er Rieke eingeholt. »Wo steckt er?«

Im Laufen deutete die Rothaarige nach vorne. »Auf Höhe der Fritz-Reuter-Straße schätze ich. Vielleicht … vielleicht versucht er … irgendwie in Richtung Dünen oder Strand zu kommen.«

»Das müssen wir verhindern«, rief Kolbe.

Ohne ihren Blick von dem Flüchtenden abzuwenden, antwortete Rieke: »Ich habe Enno bereits angefunkt. Er müsste … jeden Augenblick … hier sein.«

Kolbe gab ihr ein Zeichen, dass er verstanden hatte. Er trat wieder kräftiger in die Pedale und nahm rasch an Fahrt auf.

Als der Wagen des Inselspediteurs nach rechts in die Straße *Am Wall* einbog, erkannte Kolbe den fliehenden Krüger. Insgeheim fragte er sich, was zur Hölle sie falsch gemacht hatten. Was genau hatte sie verraten? Er würde sich daran erinnern, wenn er Krüger erst im Verhörzimmer der Dienststelle sitzen hatte. Doch so weit war es noch nicht.

Kolbe holte rasch auf. Krügers Konturen wurden immer deutlicher. So klar, dass der Kommissar ein beunruhigendes Detail erkannte: Der Flüchtende hatte sich offenbar unterwegs von seinem Koffer getrennt. Jedenfalls trug er ihn nicht mehr erkennbar bei sich.

Wieder stieß Kolbe einen leisen Fluch aus.

Krüger machte tatsächlich Anstalten, nach links in die Fritz-Reuter-Straße zu entwischen. Doch genau in diesem Augenblick tauchte von dort eine hochgewachsene Gestalt auf, die in vollem Tempo auf den Mann zu rannte.

Selbst aus der Distanz konnte Kolbe erkennen, dass es sich um ihren jungen Kollegen Enno Dietz handelte.

Kolbe spürte, wie sich seine Mundpartie zu einem verbissenen Grinsen verzerrte, während er mit enormer Geschwindigkeit auf die beiden Männer zu raste.

Er registrierte, wie Krüger dem anderen ausweichen wollte. Das gelang nur halb.

Enno packte den Flüchtenden am linken Arm, als Krüger an ihm vorbeirennen wollte.

Der Juwelenkurier stieß einen Laut aus, der an das Fauchen eines Raubtiers erinnerte.

Enno hingegen ächzte, und im nächsten Augenblick wirkten beide Männer so, als seien sie auf der Straße auf seltsame Weise ineinander verschlungen.

Kolbe jagte auf den Ort der Auseinandersetzung zu, bremste und warf das Fahrrad achtlos beiseite.

Krüger riss sich von seinem Angreifer los, versetzte dem jungen Beamten einen Hieb in die Nierengegend und wollte seine Flucht fortsetzen, als Kolbe mit einem gewaltigen Satz auf ihn zusprang und ihn an der Schulter herumriss.

Krüger geriet ins Taumeln. Er machte einen unbeholfenen Ausfallschritt auf den Inselkommissar zu.

Kolbe nutzte diesen Augenblick für einen wohlplatzierten Kinnhaken.

Sein Gegner riss die Augen auf. Sein Kopf flog nach hinten, noch im selben Moment folgte der Rest. Krüger kippte hintenüber und schlug schwer auf die Straße, wo er zunächst liegen blieb.

Aus den Augenwinkeln heraus registrierte Kolbe, wie sich sein junger Kollege wieder aufrappelte, sich dabei jedoch mit schmerzverzerrtem Gesicht die linke Seite hielt.

»Alles in Ordnung?«, fragte der Kommissar knapp.

Enno nickte, was ihm sichtlich Mühe bereitete.

Aus dem Hintergrund näherten sich hastige Schritte. Rieke Voss tauchte mit hochrotem Kopf und nasser Stirn auf. Ihr Shirt hatte unter den Armen dunkle Ränder bekommen.

Krüger gab ein leises Stöhnen von sich. Er versuchte, wieder auf die Beine zu kommen, doch wollte ihm das nicht gelingen. Sein rechtes Bein knickte unter ihm weg, und so versuchte er, den Ort auf allen Vieren zu verlassen.

Kolbe machte zwei Schritte auf ihn zu und packte ihn am Kragen. Mit einer kräftigen Bewegung zog er den Mann zu sich herauf und drehte ihm einen Arm auf den Rücken.

Leon Krüger stieß einen spitzen Schrei aus. Offenbar hatte er sein volles Bewusstsein wiedererlangt.

»Lassen Sie mich los! Was wollen Sie von mir? Ich habe nichts getan, verdammt!«

Krüger wollte sich aus Kolbes Griff winden, doch der Kommissar ließ ihm keine Chance.

»Wir wissen, wer Sie sind, Krüger«, sagte Rieke Voss, als sie auf die Männer zu trat. »Und wir wissen auch, was Sie vorhaben. Wo ist Ihr Koffer?«

Der Angesprochene blickte sich demonstrativ um. »Was für ein Koffer?«

»Stellen Sie sich nicht dümmer, als Sie sind«, blaffte Kolbe ihn an. »Wir haben Sie mit dem Koffer gesehen. Als Sie im Zug saßen, hatten Sie ihn noch bei sich.«

»Sie hatten ihn noch, als Sie in die Gartenstraße eingebogen sind«, konkretisierte Rieke.

»Ich weiß nicht, wovon Sie reden. Ich habe keinen Koffer. Oder sehen Sie hier etwa irgendwo einen? Na also!«

»Wir klären das«, sagte Kolbe. »Seien Sie ganz unbesorgt. Und wir werden das Ding finden. Dann werden wir ja sehen, ob Sie sich daran erinnern. Bis auf Weiteres sind Sie jedenfalls festgenommen.«

Krüger verzog das Gesicht zu einer Grimasse. »Warum, wenn man fragen darf? Was werfen Sie mir vor?«

Der Inselkommissar deutete auf seinen jüngeren Kollegen, der sich noch immer die Seite hielt. »Wie wäre es zum Anfang mit Widerstand gegen die Staatsgewalt? Außerdem liegen uns da ein paar recht konkrete Hinweise vor. Aber das können wir gerne alles in Ruhe auf der Dienststelle besprechen.«

»Das könnte Ihnen so passen«, platzte es aus Krüger heraus. »Ich will sofort meinen Anwalt sprechen.«

»Das können Sie alles tun«, antwortete Kolbe, »wenn wir da sind. Und damit Sie mir auch glauben, dass ich es ernst meine, habe ich hier noch was für Sie.«

Kolbe streckte seine freie Hand in Riekes Richtung aus.

Die Inselkommissarin öffnete den Rucksack des Kommissars und holte ein Paar Handschellen heraus. Sie gab Krüger ein Zeichen.

»Darf ich bitten?«

Kapitel 4

Gesa Brockmann legte gerade den Telefonhörer mit einer kraftvollen Bewegung zurück auf den Apparat, als die beiden Inselkommissare ihr Büro betraten. Ihre Gesichtsfarbe war gerötet und auf ihrer Stirn zeigten sich gleich mehrere sorgenvolle Falten.

Kolbe schloss die Tür hinter ihnen. Die beiden Ermittler blieben für einen Moment unschlüssig vor dem Schreibtisch ihrer Vorgesetzten stehen.

»Das ist ja mal wieder ein schöner Schlamassel, in den wir uns da geritten haben«, sagte die Chefin und bedeutete den beiden mit einer flüchtigen Handbewegung, sich zu setzen.

»Und wenn ich *wir* sage, dann meine ich eigentlich Sie beide! Wie konnte es passieren, dass er Ihnen entwischt ist? Haben Sie sich etwa so ungeschickt angestellt?«

Kolbe wollte etwas erwidern, doch die Chefin war noch nicht fertig.

»Krüger war gerade mal eine Stunde auf der Insel, und schon sind wir aufgeflogen. Das darf doch nicht wahr sein! Wie soll ich das den Holländern erklären?«

»Wir haben das hier bei Krüger gefunden«, sagte Rieke und warf zwei zerknickte Fotos auf den Tisch. Auf dem einen war sie selbst zu sehen, auf dem anderen Kolbe.

Gesa Brockmann warf einen beiläufigen Blick auf die Bilder und gab einen abfälligen Laut von sich.

»Er muss uns bereits im Zug erkannt haben«, sagte Kolbe. »Wir hatten nie eine wirkliche Chance, ihn zu beschatten.«

»Eine Sache, auf die wir nicht vorbereitet waren«, fügte Rieke Voss hinzu.

Die Chefin blickte ihre Ermittler für einen Moment wortlos an. Eine unangenehme Stille entstand in dem kleinen Büro.

»Es bleibt trotzdem großer Mist«, stellte die stämmige Dienststellenleiterin nach einer Weile fest. Sie öffnete die obere Schublade ihres Schreibtischs, kramte zwischen Stiften und Büroklammern herum und holte eine einzeln verpackte Brausetablette gegen Kopfschmerzen heraus. Sie riss die

Packung auf und ließ das Medikament in ein großes Glas fallen, das bis zum Rand mit Wasser gefüllt war. Der runde Gegenstand begann sofort zu tanzen und erzeugte dabei sprudelnde Geräusche.

Kolbe deutete auf das Glas. »Dagegen sollten Sie mal was tun. Ich meine …«

»Danke, Kolbe«, unterbrach die Chefin scharf, »aber ich denke, wenn ich Ihren Rat bräuchte, hätte ich Sie schon danach gefragt. Viel wichtiger ist doch: Was machen wir jetzt? Wo haben Sie Krüger hingebracht?«

»Er ist nebenan im Verhörzimmer«, antwortete Rieke.

»Und der Koffer?«, hakte Gesa Brockmann nach. »Was ist mit dem verflixten Koffer?«

»Wir wissen nicht, wo er ist«, erklärte die Kommissarin. »Er hatte ihn definitiv noch bei sich, als ich seine Spur in der Barkhausenstraße wieder aufgenommen habe.«

»Und dann?«

»Er ist von da aus in die Gartenstraße und dann weiter Richtung Osten gelaufen. Er war zu weit weg, als dass ich Einzelheiten hätte erkennen können.«

»Wir vermuten, dass sich Krüger irgendwo in der Gartenstraße von seinem Koffer getrennt hat«, fügte Kolbe hinzu. »Enno verfolgt gerade den Weg zurück und sucht danach.«

Die Antwort schien ihre Vorgesetzte nicht zu begeistern.

»Halten Sie es für möglich, dass er den Koffer bereits an die Zielperson übergeben hat?«

Die Inselkommissare tauschten einen kurzen Blick miteinander. Tatsächlich hatten sie sich diese Frage auf dem Weg hierher auch bereits gestellt.

»Wir halten das für sehr unwahrscheinlich«, erklärte Rieke daraufhin.

»Warum?«

»Weil die Zeit dazu nicht ausgereicht hätte. Er war unter ständiger Beobachtung. Er hatte den Koffer bei sich, als er das Lokal verließ. Bis zum Ende der Barkhausenstraße hatte er ihn ebenfalls noch. Ich habe ihn von Weitem gesehen. Erst als er nach rechts in die Gartenstraße abtauchte, habe ich ihn für einen kurzen Moment aus den Augen verloren. Extrem unwahrscheinlich, dass ausgerechnet dort jemand auf ihn gewartet haben sollte.«

»Wenn das so ist, müsste sich ja Enno hoffentlich gleich mit einer erfreulichen Nachricht melden«, antwortete Gesa Brockmann. Sie griff nach ihrem Glas und nahm einen kräftigen Schluck. Die Inselkommissare sahen den Kehlkopf ihrer Chefin beim Trinken auf und ab hüpfen.

»Ich möchte allerdings nicht darauf warten. Deswegen werden Sie beide zurück in die Gartenstraße gehen und die Suche übernehmen. Schicken Sie Enno dann gleich hierher. Ich will ihn hier haben, wenn ich mich um Krüger kümmere.«

»Geht in Ordnung«, antwortete Kolbe. »Gibt es Neuigkeiten von den niederländischen Behörden? Ich meine, wissen wir inzwischen mehr über die Person, die den Koffer hier auf der Insel entgegennehmen soll?«

»Nein, nichts«, antwortete Gesa Brockmann. »Das heißt: fast nichts. Kommissar van Rijn sprach von einer Person, die bei den Kollegen nur unter dem Namen *De Generaal* bekannt ist. Aber sie wissen rein gar nichts darüber, sie wissen nicht mal, ob es sich dabei um einen Mann oder um eine Frau handelt.«

»De Generaal«, wiederholte Rieke nachdenklich. »Höchstwahrscheinlich wird er schon auf der Insel sein. Vielleicht gibt es sogar schon einen vereinbarten Treffpunkt und eine Uhrzeit.«

»Eben das werde ich versuchen, aus Krüger herauszukitzeln«, sagte Gesa Brockmann. »Viel Hoffnung mache ich mir in dem Punkt allerdings nicht. Wir hätten weitaus weniger Probleme, wenn wir Krüger und seinen Hintermann bei der Übergabe des Koffers geschnappt hätten. Aber so …?«

»Tut uns leid«, antwortete Rieke mit einem Schulterzucken. »Wir werden jetzt erst mal alles daransetzen, diesen Koffer wieder aufzuspüren.«

»Tun Sie das!« Gesa Brockmann massierte sich mit den Fingerspitzen die Schläfen und verzog dabei das Gesicht. »Rufen Sie mich sofort an, wenn Sie das Ding gefunden haben. Wenn nicht, haben wir nämlich alle miteinander ein Riesenproblem!«

Kapitel 5

Als die Inselkommissare die Gartenstraße erreichten, war es kurz nach elf Uhr. Die Sonne brannte heiß und näherte sich mehr und mehr ihrem höchsten Stand. Die Temperaturen hatten die Dreißig-Grad-Marke geknackt und kletterten unaufhaltsam weiter. Es war ein perfekter Tag, um ihn bei einem kühlen Getränk am Strand zu verbringen. Was für die Inselkommissare nicht infrage kam.

Sie trafen Enno Dietz auf Höhe von Haus Meedland an, das zur evangelischen Kirchengemeinde gehörte.

Bereits als er ihnen entgegenkam, schüttelte er seinen vor Hitze geröteten Kopf.

»Nichts«, sagte er. »Und ich habe alles abgesucht.«

»Mist«, entfuhr es Kolbe. »Stellt euch bloß mal vor, irgendwer hat das Ding gefunden und mitgenommen.«

»Das glaube ich nicht«, sagte Rieke mit einem Kopfschütteln. »Das hätten wir mitbekommen müssen. Aber vielleicht hat Krüger etwas anderes getan.«

»Und was? Den Koffer in Luft aufgelöst, vielleicht?«

»Erinnerst du dich daran, dass der Inselspediteur gerade in der Straße unterwegs war, als wir Krüger verfolgt haben?«

Kolbe nickte. »Ja, klar. Ich habe ihn gesehen.«

»Ich auch«, pflichtete Enno bei. »Er ist mir mit seinem Wagen entgegengekommen. Ich glaube, er war gerade damit fertig, das Gepäck der Urlauber auf die Häuser zu verteilen und …« Der junge Polizist stockte. Ihm war offenbar derselbe Gedanke gekommen, den auch Rieke bereits gehabt hatte.

»Ihr meint doch nicht etwa …«, setzte Kolbe zu einer Schlussfolgerung an, doch die rothaarige Kommissarin kam ihm zuvor.

»Doch! Er hat seinen Koffer irgendwo zu den anderen Gepäckstücken gestellt. Vor irgendeine dieser Haustüren.« Rieke deutete die Gartenstraße hinunter.

»Verdammter Mist«, entfuhr es Kolbe. »Das Ding kann dann ja nahezu überall sein.«

»Stimmt nicht ganz«, antwortete sie. »Er muss sich bis ungefähr zur Mitte der Straße von seinem Koffer getrennt haben. Also haben wir nichts anderes zu tun, als die Häuser von der Kreuzung zur Barkhausenstraße bis in etwa zu dem Punkt da drüben abzuklappern. Die Leute haben die Koffer bereits reingeholt, also werden sie das fremde Gepäckstück sicher schon bemerkt haben.«

»Vielleicht hat sich sogar schon jemand beim Inselspediteur gemeldet«, sagte Kolbe. Er zückte sein Handy aus der Hosentasche, durchforstete seine Kontakte und wählte eine Nummer. Er führte ein kurzes Gespräch und steckte das Gerät wieder zurück.

»Und?«, fragte Rieke.

Kolbe schüttelte den Kopf. »Fehlanzeige. Wäre wohl auch zu einfach gewesen.«

»Dann bleibt uns wohl nichts anderes übrig, als uns durchzufragen«, stellte die Kommissarin fest. »Ach ja, Enno: Die Chefin will, dass du sofort zur Dienststelle kommst. Du kannst ihr helfen, Krüger in die Mangel zu nehmen.«

Der Angesprochene machte ein enttäuschtes Gesicht. »Schade. Ich hätte euch gerne dabei geholfen. Wäre sicher spannender gewesen, als wieder mal nur den Laufburschen für Frau Brockmann zu spielen.«

»Zumal sie heute auch noch besonders schlechte Laune hat«, sagte Kolbe grinsend. »Und Kopfschmerzen obendrein.«

»Na toll«, kommentierte Enno, kratzte sich am schütteren Haaransatz und machte sich auf den Rückweg.

Die beiden Inselkommissare sahen ihm für einen Moment nach.

»Ich schlage vor, wir fangen gleich hier vorn an«, schlug Rieke Voss vor und deutete auf ein großes Mehrfamilienhaus aus rotem Klinker, in dem vier ebenerdige Ferienwohnungen untergebracht waren.

»Je eher daran, desto eher davon«, seufzte Kolbe und zuckte mit den Schultern.

Die Beamten hielten auf das Haus zu und klingelten am Eingang zur Wohnung mit der Nummer 15d.

Von innen waren bereits Stimmen zu hören, die irgendetwas Unverständliches durcheinanderriefen. Wenig später wurde die Tür geöffnet. Der Mann auf der Schwelle beachtete die Besucher zunächst jedoch gar nicht, sondern rief über seine rechte Schulter ins Hausinnere zurück: »Dann nehme ich eben das kleine Zimmer hinten links, wenn das andere zu viel Sonne hat.«

»Aber da klemmt das Fenster. Es lässt sich von innen nicht öffnen.«

»Ich sehe mir das gleich an, Herrgott. Deine Mutter kann ihren Koffer schon mal ins Zimmer stellen, damit man nicht ständig im Flur drüber stolpert.«

»Du weißt genau, dass ihr der Koffer zu schwer ist.«

Der Mann auf der Schwelle holte tief Luft. »Dann lass ihn halt in Gottes Namen da stehen. Ich räume ihn weg, wenn ich mich um das Fenster kümmere!«

Jetzt endlich drehte er sich um und blickte den Inselkommissaren in die Gesichter.

»Einen Moment, wir kennen uns doch«, sagte der blasse Mann. »Sie waren doch heute auch am Bahnhof. Und im Zug auch!«

»Das ist auffallend richtig«, antwortete die rothaarige Ermittlerin und zückte ihren Dienstausweis. »Voss von der Inselpolizei. Das hier ist mein Kollege Kolbe. Wir haben nur eine kurze Frage an Sie: Haben Sie Ihr Gepäck heute durch den Inselspediteur anliefern lassen?«

»Sie beide sind von der Polizei?«, platzte es aus dem Urlauber heraus. »Das hätte ich mir auch nicht träumen lassen. Und was … was wollen Sie wissen? Ob wir unser Gepäck … ach ja … ja, wir haben es vom Bahnhof direkt hier zum Haus bringen lassen. War einfach praktischer so. Wir hatten trotzdem noch genug zu schleppen.« Er deutete ins Haus hinein. »Meine Schwiegermutter trennt sich so ungern von ihren Sachen, deswegen haben wir ihren Plunder über die verdammte halbe Insel geschleppt. Darum sind wir auch gerade eben erst angekommen. Vor ein paar Minuten.«

»Ihr Gepäck war bereits geliefert?«, fragte Kolbe.

Der Mann blinzelte gegen das helle Sonnenlicht. »Ja. Wie gesagt: der Spediteur hat es hierher gekarrt. Am liebsten hätte ich die Mutti auch noch bei ihm abgegeben, dann hätte ich mir wenigstens schon mal etwas von der Insel ansehen können.«

»War zwischen Ihren Sachen eventuell ein Koffer, der nicht zu Ihnen gehört?«, fragte Kolbe und fügte hinzu: »Ein kleiner brauner Aktenkoffer?«

Der Mann auf der Türschwelle sah Kolbe irritiert an. »Ein Aktenkoffer? In Braun? Nee, so was haben wir nicht. Der Koffer von Mutti ist braun. Aber das Teil ist riesengroß und wiegt schätzungsweise einen Doppelzentner. Gott der Herr allein weiß, was sie alles mitgeschleppt hat. Dabei sind wir gerade mal eine Woche hier.«

»Herr, äh …«, machte Kolbe.

»Landmann«, antwortete der andere. »Christian Landmann. Wir kommen aus Wanne-Eickel.«

Der Kommissar zeigte sich unbeeindruckt. »Herr Landmann, dürften wir uns wohl mal kurz Ihre Gepäckstücke ansehen?«

»Was? Aber wieso? Ich hab Ihnen doch gerade erklärt, dass wir keinen Koffer zu viel haben.«

»Wenn es Ihnen nichts ausmacht, würden wir uns gerne selbst ein Bild machen«, half Rieke aus.

Landmann blickte die Inselkommissare nacheinander an. Dabei verzog er das Gesicht, als hätte man ihm gerade körperliche Schmerzen zugefügt.

»Wenn Sie drauf bestehen – bitte sehr. Aber ich sage Ihnen gleich, dass ich das für ziemlich seltsame Methoden halte. Ich meine, ich weiß ja nicht, ob das hier bei Ihnen so üblich ist … kann ja immerhin sein. Ich hingegen finde das ziemlich merkwürdig.«

»Können wir dann?«, fragte Kolbe auffordernd, als der Mann auf der Türschwelle noch immer keine Anstalten machte, diese zu verlassen.

»Unter Protest«, antwortete Landmann und trat aufreizend langsam einen Schritt zurück, in den Hausflur hinein.

»Christian? Was ist denn los?«

Eine weibliche Stimme aus den hinteren Räumen.

»Meine Frau Susann«, erklärte Landmann in vertraulichem Ton. Gleich darauf rief er nach hinten: »Wir sind kaum hier, schon haben wir Besuch! Und dreimal darfst du raten, von wem!«

»Von wem denn?«, kam es zurück.

»Von den … von der Polizei! Ja, die Inselpolizei ist hier. Zwei Kommissare.« Er grinste die beiden Beamten an.

»Wenn Sie uns bitte den Weg zeigen würden?«, fragte Rieke.

»`türlich. Kommen Sie. Hier lang, bitte.«

Landmann ging voran und winkte den Besuchern, ihm zu folgen. Die Inselkommissare passierten einen schmalen Korridor, von dem eine Küche und drei kleine Zimmer abzweigten.

»Hier ist das gute Stück, von dem ich Ihnen erzählt habe«, erklärte Landmann und tätschelte einen braunen Koffer, der im Flur stand. »Heben Sie mal an! Das Ding musste ich hierher schleppen, weil Mutti sich nicht davon trennen wollte. Sie sagt, sie traut keinem Fremden. Eigentlich traut sie nicht mal mir, aber für so was bin ich dann wieder gerade gut genug.«

»Können wir uns kurz in den Zimmern umsehen?«, fragte Rieke, ohne auf das Gerede des Urlaubers einzugehen.

Landmann vollführte eine einladende Geste. »Bitte. Fühlen Sie sich ganz wie zu Hause. Wollen Sie vielleicht noch was trinken? Meine Frau hat gerade Tee aufgebrüht.«

»Nein, besten Dank.«

Kolbe und Voss inspizierten die Räume, stießen jedoch auf nichts Verdächtiges.

»Sie suchen einen Koffer?«, fragte Susann Landmann. Sie wirkte im Gegensatz zu ihrem Mann eher wie ein scheues Reh und nestelte die ganze Zeit über mit einem Geschirrtuch herum.

»Ja«, antwortete Kolbe. »Haben Sie vielleicht etwas gesehen oder sonst wie bemerkt? Es geht um einen braunen Aktenkoffer.«

»Nein«, antwortete die Frau leise.

In der Tür nebenan tauchte ein Schatten auf. Die alte Dame mit dem straff zurückgebürsteten silbernen Haar musterte die beiden Beamten aus leicht verengten Augen. Sie hatte ihre Arme leicht erhoben und stützte sich mit den Händen an den Türpfosten ab. Dadurch wirkte ihre Stola, als hätte sie Flügel bekommen. Die ganze Erscheinung der Frau hatte in diesem Augenblick etwas Raubvogelhaftes.

»Meine Schwiegermutter, Frau Helga Maring«, beeilte sich Landmann zu erklären.

Die alte Frau nickte den Beamten zu. »Nach allem, was ich höre, hatte ich ja wohl recht damit, meinen Koffer nicht aus der Hand zu geben. Du siehst, wie leicht so etwas möglich ist, dass Gepäck abhandenkommt. Hinterher will es dann niemand gewesen sein. Und man selbst hat nichts als Scherereien damit.« Die letzten Worte waren zwar an ihren Schwiegersohn gerichtet, jedoch sah Helga Maring dabei die beiden Kommissare an. Ihr Blick strahlte etwas Triumphales aus.

»Ich denke, das war dann schon alles«, sagte Kolbe. »Bitte entschuldigen Sie die Störung.«

»Wir werden Sie verständigen, sollte sich wider Erwarten doch noch ein fremdes Gepäckstück anfinden«, antwortete die alte Dame. Sie tat so, als würde sie frösteln. »Unangenehmer Gedanke, so was. Man weiß ja auch nie, was man sich mit einem fremden Koffer alles in Haus holt. Christian? Wenn du die beiden Beamten verabschiedet hast, wäre es wohl angebracht, wenn du dich als Nächstes um mein Fenster kümmerst. Es klemmt noch immer, und die Luft im Zimmer ist jetzt schon so stickig, dass man sie schneiden kann.«

»Ja, Mutter. Natürlich.« Christian Landmann rollte mit den Augen. Er wollte die Kommissare zur Tür begleiten, doch Kolbe winkte ab.

»Danke, wir finden allein hinaus.«

»Entschuldigen Sie nochmals«, fügte Rieke hinzu, »und Ihnen einen angenehmen Aufenthalt auf Langeoog.«

»Werden wir ganz sicher haben«, gab Landmann zurück.

Die beiden Kommissare verließen das Haus und schlossen die Tür hinter sich.

»Großer Gott«, entfuhr es Kolbe, »da drinnen hätte ich es keine fünf Minuten länger ausgehalten.«

»Ich auch nicht«, antwortete Rieke. Sie blickte die flirrende Straße hinunter. »Aber leider war das erst der Anfang.«

Wie recht sie damit hatte …

Kapitel 6

Die Haustür mit der Zusatzmarkierung *C* öffnete sich.

Felix Boehm hatte die Wohnung mit seiner Frau und den beiden Kindern bereits inspiziert, als das Gepäck eintraf.

Sie waren direkt vom Bahnhof hierher geeilt, weil Sarah, die Achtjährige, dringend zur Toilette gemusst hatte.

Als Boehm nach draußen blickte, waren ihre beiden großen Koffer und die dunkelblaue Reisetasche, die aussah, als würde sie jeden Augenblick platzen, sauber vor der Tür aufgereiht.

Boehm griff nach der Tasche und einem der beiden Hartschalenkoffer, die beinahe identisch aussahen. Er drehte sich um und wollte bereits mit dem Gepäck das Haus betreten, als er hinter sich ein lautes Geräusch hörte. Noch im Gehen blickte er sich um und erkannte einen fremden Koffer, der offenbar gerade umgefallen war. Er musste sich direkt zwischen den beiden großen Gepäckstücken befunden haben.

Boehm stutzte. Den Aktenkoffer hatte er definitiv noch nie zuvor gesehen. Er besaß auch kein Etikett, so wie all die anderen. Anscheinend war er durch ein Versehen zwischen ihre Sachen geraten.

Boehm stellte den Koffer und die Reisetasche wieder ab, hob den kleinen Koffer hoch, wog ihn in der Hand und betrachtete ihn von allen Seiten. Das Ding war alt, ziemlich alt sogar, und höchstwahrscheinlich aus echtem Leder. Für sein Alter war er gut erhalten, hatte nur auf der einen Seite ein paar unwesentliche Schrammen und die Ecken wirkten ein wenig abgenutzt. Leer war er definitiv nicht, das konnte Boehm bereits am Gewicht erahnen. Er trat zwei Schritte vor und blickte die Straße hinunter.

Der Inselspediteur war längst nicht mehr zu sehen. Einige wenige Passanten waren in unterschiedliche Richtungen unterwegs, doch niemand von ihnen schien auch nur die geringste Notiz von ihm zu nehmen.

Boehm drehte sich um und lehnte das Fundstück gegen die Hauswand. Er beschloss, sich zunächst einmal um ihr eigenes Gepäck zu kümmern.

Im Hausflur wehte ihm Zugluft entgegen. Seine Frau Alina hatte die Tür zur Terrasse geöffnet. Von draußen, hinter dem Haus, waren die Stimmen der Kinder zu hören, die das unmittelbare Gelände erkundeten.

Er stellte die beiden großen Koffer in das Schlafzimmer, dass Alina und er sich für die Dauer ihres zweiwöchentlichen Urlaubs ausgesucht hatten. Dann drehte er sich um, um die Reisetasche zu holen. Er trug sie in Josses Zimmer, sein fünfzehnjähriger Sohn, der vielleicht dieses Jahr zum letzten Mal mit seinen Eltern in den Urlaub fuhr. Er steckte mitten in der Pubertät und hatte längst andere Interessen entwickelt, die vielleicht sogar auch mit Sonne und Meer, aber definitiv nichts mit seiner Familie zu tun hatten. Alina und Felix hatten ihn dieses Jahr schon beknien und halbwegs bestechen müssen, sie noch einmal zu begleiten, dieses Mal nach Langeoog.

Felix rieb sich die schweißnassen Hände an seiner kurzen Hose ab. Die Tür nach draußen stand noch immer offen. Er ging hinaus und starrte auf den Aktenkoffer, der noch immer einsam und irgendwie verloren an der Hauswand lehnte.

Wieder blickte Boehm die Straße zur einen Seite herauf und zur anderen hinunter. Das Bild hatte sich noch immer nicht wesentlich geändert. Es war niemand da, der einen herrenlosen Koffer zu vermissen schien. Niemand, der auf das Haus zuhielt oder sich anderweitig bemerkbar machte.

Boehm bückte sich und langte abermals nach dem Koffer. Er nahm ihn mit ins Haus und schloss die Tür hinter sich.

Im Hausflur blieb er stehen, hob den Koffer an und schüttelte ihn sachte. Etwas bewegte sich darin, doch es war unmöglich zu sagen, was.

Etwas war an diesem Reiseutensil, das ihn faszinierte. War es das vermeintliche Alter? Die Geschichten, die es von seinen vielen Reisen erzählen würde, wenn es nur könnte? Boehm strich mit seinen Fingerspitzen über das warme, weiche Leder. Er hatte ein Faible für solche zumeist ältere Dinge, die noch eine gewisse Ausstrahlung besaßen und die es für gewöhnlich heute kaum noch zu kaufen gab.

Ein Geräusch von draußen ließ ihn herumfahren. Schritte näherten sich. Die Schritte seiner Frau Alina. Er erkannte sie überall und jederzeit. Sie hatte einen harten, energischen Schritt, ein Zeichen ihrer Ruhelosigkeit. Sie war immer auf Achse, konnte nie still sitzen, musste immer etwas tun.

Felix Boehm wandte sich aus einem Reflex heraus nach links, tat zwei große Schritte und befand sich in dem Schlafzimmer, das von einem großen Doppelbett dominiert wurde. Er bückte sich und schob den Koffer mit dem Fuß darunter.

Alina blieb an der offenen Tür stehen und sah ihn leicht fragend an. Eine ihrer Augenbrauen war hochgezogen.

»Ist dir nicht gut?«, fragte sie.

Boehm schüttelte ansatzweise den Kopf und zuckte kurz mit den Schultern. »Warum soll mir nicht gut sein?«

»Keine Ahnung. Du siehst so aus, als wäre dir gerade irgendwas Unangenehmes passiert.«

Ganz im Gegenteil, schoss es ihm durch den Kopf. Doch wenn er das laut gesagt hätte, würde sie nachgebohrt haben, bis sie der ganzen Wahrheit auf den Grund gegangen und ihm auf die Schliche gekommen wäre. Deswegen antwortete er: »Ich habe die Koffer und die Tasche reingebracht. Was machen die Kinder?«

Alina deutete mit einem Kopfnicken den Flur hinunter. »Sind draußen und erkunden die Gegend.«

»Ah. Gut.«

Sie schwiegen. Eine unangenehme Stille entstand. Boehm hoffte, dass seine Frau weitergehen würde, doch diesen Gefallen tat sie ihm nicht. Sie sah ihn an. Es war dieser Blick, der versuchte, bis auf den Grund seiner Seele zu gelangen. Sie las in ihm wie in einem offenen Buch.

»Bereust du es schon, hierhergekommen zu sein?«, fragte sie.

»Nein, warum?«

Sie verschränkte die Arme vor der Brust. »Weißt du das wirklich nicht?« Ihr Ton hatte etwas Schnippisches angenommen. Dabei beäugte sie ihn weiterhin, als lauerte sie auf einen Fehler seinerseits, auf ein noch so kleines verräterisches Anzeichen.

Die Sache mit Sonja hatte ihrer Ehe schweren Schaden zugefügt. Ausgerechnet Sonja, könnte man sagen, die zurückhaltende Sonja, Alinas ehemals beste Freundin, die nie etwas aus sich gemacht hatte. Sie war eine unscheinbare Frau gewesen, fast verängstigt und nicht kommunikativ. Kurzum: nicht unbedingt eine Person, die einer Party dazu verhilft, ein unvergesslicher Stimmungserfolg zu werden.

Trotzdem war Boehm an jenem Abend vor fast zwei Jahren auf sie aufmerksam geworden. Weil er etwas in ihr gesehen hatte, das sonst offenbar noch keinem Mann aufgefallen war.

Er hatte sich mit ihr unterhalten, hatte sie dazu überredet, ein Glas mit ihm zu trinken, obwohl sie eigentlich niemals trank, wie sie damals behauptet hatte.

Das war der Startschuss einer Affäre gewesen, die Felix Boehm beinahe an den Rand des Wahnsinns getrieben hatte. Er war zu einem Besessenen geworden, zu jemandem, der nicht genug bekommen konnte von einer Frau, die plötzlich anfing, aufzublühen. Sie blühte aus dem Nichts auf, wie eine vergessene Pflanze, die über Nacht neue Triebe bekommen hatte. Er hatte sich eingebildet, sie unter seinen Händen zu formen, etwas Neues zu erschaffen. Natürlich war dieser Gedanke anmaßend und hoffnungslos überzogen gewesen. Wie sich später herausstellte, entsprach er nicht einmal der Wahrheit. Das genaue Gegenteil war der Fall. Er, Felix Boehm, hatte angefangen, sich zu verändern, je intensiver die Beziehung wurde.

Sonja hatte vielleicht lediglich ein paar Äußerlichkeiten an sich verändert. Sie kleidete sich anders, trug plötzlich eine neue Frisur und verwendete möglicherweise das erste Mal in ihrem Leben Make-up. Ja, sie hatte sogar gelernt, sich anders zu bewegen. Als hätte sie nur darauf gewartet, dass Boehm ihren Weg kreuzen würde. Nach und nach kam ihm allerdings der Gedanke, dass es nur zufällig er gewesen war. Es hätte auch jeder andere sein können. Vielleicht war die Zeit für sie einfach reif gewesen, aus ihrem bisherigen Leben auszubrechen.

Boehm hatte diese Zeit, diese Phase genossen. Sie hatte etwa ein Jahr angedauert. Eine Zeit, in der er seine Ehe an den Rand des Ruins getrieben hatte, fast schon ein paar Zentimeter darüber hinaus. An einen Punkt, an dem man sich nicht mehr allein halten konnte, sondern auf die Hilfe des anderen angewiesen war.

Boehm war zu einem Verlorenen geworden, ohne es zu bemerken, und auch ohne den konkreten Zeitpunkt benennen zu können, wann ihm das Ruder aus der Hand geglitten war, wann er zu einem Ertrinkenden geworden war, gefangen in einem Strudel, der ihn immer tiefer hinabzuziehen drohte.

Er hatte die Beziehung zu Sonja beendet. Alina hatte es schon lange vor ihm getan. Aus den einstigen Freundinnen war etwas anderes geworden, vielleicht das genaue Gegenteil. Der Boden zwischen ihnen war bis ans Ende aller Zeiten verbrannt.

Und doch hatte ihm Alina diese eine Chance eingeräumt, zurückzukehren. Ein großes Angebot. Eines, mit dem Boehm nicht gerechnet hatte, und für das er ihr dankbar war. Er liebte Alina und er liebte die Kinder. Nur sein Leben liebte er nicht, und er hatte bis heute nicht die Antwort darauf gefunden, warum das so war.

» … haben Hunger.«

Boehm blinzelte verwirrt und registrierte, dass er seiner Frau nicht zugehört hatte. Er war weit, weit weg gewesen, hinabgetaucht in die Abgründe seiner Gedankenwelt.

Er fragte: »Wie bitte?«

Alina rollte mit den Augen. »Ich sagte, ich werde jetzt den Reiseproviant auspacken und den Tisch decken. Die Kinder haben Hunger.«

»Natürlich, entschuldige bitte. Ich komme gleich nach und helfe dir, ja?«

Sie blieb noch für einen Moment in der Tür stehen und überlegte offenbar, ob sie etwas erwidern sollte. Dann wandte sie sich mit einem Schulterzucken ab und verschwand aus seinem Blickfeld. Boehm hörte ihre Schritte, wie sie sich durch den Flur entfernten und in der Küche mündeten, wo es kurz darauf raschelte und Teller klapperten.

Boehm stand da und rieb sich mit Daumen und Zeigefinger seine Nasenwurzel, eine Geste, die er sich angewöhnt hatte, in Momenten wie diesen, in denen er nachdachte.

Er drückte die Tür leise ins Schloss und drehte sich um. Er kniete vor dem Bett nieder und zog mit beiden Händen den fremden Koffer hervor. Für einen Moment ließ er seinen Blick darauf ruhen, dann machte er sich daran, die beiden ledernen Riemen zu lösen. Er hörte das Material leise knirschen und fragte sich, wie oft der Koffer wohl bereits auf diese Weise geöffnet worden war.

Etwas trieb ihn zu dieser Handlung. Es war nicht einmal die Neugier darüber, einen verbotenen Blick in das Leben einer fremden Person zu werfen. Es war etwas anderes. Boehm fühlte sich wie elektrisiert, als seine Hände den Deckel aufklappten.

Boehm hockte noch immer hinter dem Bett und starrte auf den Inhalt des Aktenkoffers.

Er war gefüllt mit zumeist kleineren Beuteln. Einige waren aus Samt, andere aus echtem Leder. Boehm griff sich einen davon, schnürte ihn vorsichtig auf und blickte hinein.

Was er zu sehen bekam, erschreckte und faszinierte ihn zugleich.

Kapitel 7

»Du, ich glaube, da kommt jemand.«

Lena Wulf hatte die Frau und den Mann, die sich dem Haus näherten, mehr durch Zufall gesehen, weil sie gerade dabei gewesen war, den Küchenschrank mit den mitgebrachten Lebensmitteln zu bestücken, und dabei kurz aus dem Fenster gesehen hatte, das zur Straße hinaus lag. Sie verharrte mitten in der Bewegung. Erst als es an der Tür klopfte, ließ sie ihre Hand sinken und legte die Packung Spaghetti auf die Arbeitsfläche.

»Wer soll das sein?«, fragte Nadine aus einem der hinteren Zimmer. »Es weiß doch niemand, dass wir hier sind.« Schritte näherten sich. Sie blieb am Türpfosten stehen, klammerte sich regelrecht daran fest und fixierte ihre Freundin mit einem leicht fahrigen Blick. »Du hast doch niemandem etwas gesagt, oder?«

»Natürlich nicht.« Lena schüttelte den Kopf und wirkte erschrocken dabei. Sie sah erneut zum Fenster. »Es sind ein Mann und eine Frau. Keine Ahnung, was die wollen. Vielleicht haben die sich einfach nur im Hause geirrt.«

Es klopfte erneut.

»Ich werde nachsehen«, entschied Lena und ging zur Tür.

Nadine blieb wie angewurzelt stehen. Sie atmete flach, doch ein wenig hektischer als noch vor einer Minute.

Hinter dem Türpfosten war sie nur halb zu sehen. Eine schlanke Gestalt in langen Jeans und schwarzem Shirt. Ihre Haut war blass, fast weiß und bildete einen markanten Kontrast zu ihrem kurz geschnittenen dunklen Haar. Ein wachsames grünes Auge verfolgte den Weg Lenas zur Haustür.

Die Tür öffnete sich. Hinter Lena tauchten zwei Gestalten auf, die von hellem Sonnenlicht beschienen wurden.

»Moin«, sagte eine Frauenstimme. »Mein Name ist Kommissarin Rieke Voss von der Inselpolizei. Dies ist mein Kollege Kommissar Kolbe. Dürfen wir für einen Moment reinkommen?«

Nadine Pohl verfolgte die Szene vom Zimmer aus. Sie spürte, wie ihr Puls stieg. Unter ihren Fingerkuppen, die noch immer den Türpfosten berührten, bildete sich ein dünner Schweißfilm.

Sie sah mit an, wie Lena die beiden Beamten hereinbat, und hörte ihre Stimmen. Es ging um Gepäck, genauer gesagt um einen bestimmten Koffer, den offenbar jemand vermisste.

Lena erklärte den beiden die Situation und deutete schließlich auf sie – Nadine.

Die Dunkelhaarige stieß sich vom Türrahmen ab, setzte sich in Bewegung, kam langsam näher. Ihre Schritte waren zögernd, fast unsicher. In ausreichendem Abstand blieb sie stehen. Auf die Begrüßung der Polizisten nickte sie nur.

Die Kommissarin trat einen Schritt auf sie zu und blickte ihr in die Augen. Nadine versuchte, der Situation standzuhalten, was ihr nach eigener Einschätzung mehr schlecht als recht gelang.

»Wir möchten nur kurz einen Blick auf Ihr Gepäck werfen«, erklärte die Polizistin und lächelte dabei. Zugleich spürte Nadine jedoch, wie die Frau sie musterte, wie ihre Gedanken anfingen zu arbeiten, wie sie sich ein Bild von ihr machte. Wie mochte es aussehen? Wie wirkte sie auf die andere?

Das Lächeln der Kommissarin bekam eine entschuldigende Note. »Keine Angst, das hier ist keine Hausdurchsuchung. Sie können dieser Sache auch widersprechen.«

»Ich glaube nicht, dass das nötig ist«, sagte Lena Wulf. Sie trat in Nadines Blickfeld. In ihrem Gesicht zuckte ein Muskel. Sie wandte sich erneut an die Beamten: »Wir haben nichts zu verbergen. Hier drüben ist mein Zimmer. Ich habe schon angefangen, auszupacken, bin aber noch lange nicht fertig.«

Die rothaarige Polizistin folgte Lena in das Nebenzimmer, wo ihre grüne Reisetasche weit geöffnet auf dem Bett stand.

Der Polizist, Kolbe, folgte den beiden Frauen nicht. Er blieb vor Nadine stehen und sah sie an, fast genauso, wie es seine Kollegin zuvor getan hatte. Nur hatte sein Blick etwas Stechendes, was Nadine nicht gefiel. Ganz und gar nicht gefiel.

Sie spürte, wie die innere Unruhe zurückkehrte und von ihr Besitz ergriff.

»Sind Sie das erste Mal auf Langeoog?«, fragte er.

Nadine achtete nicht so sehr auf die Worte, sondern auf den Klang seiner Stimme. Lag ein lauernder Unterton darin?

Sie nickte und schob ein gehauchtes »Ja« hinterher.

»Wie lange bleiben Sie?«

»Eine Woche.« Sie hörte ihre eigenen Worte und doch kam es ihr beinahe so vor, als würde eine Fremde sprechen. So als sei sie selbst eine Unbeteiligte, die diese Szene von außen beobachtete.

»Erholungsurlaub?«

Die Stimme des Kommissars riss sie aus ihren Gedanken. Sie spürte, wie er sie weiterhin ansah – regelrecht anstarrte, als habe sie eine ansteckende Krankheit. Oder kam ihr das Ganze nur so vor? Machte er vielleicht nur seine Arbeit, von der sie keinerlei Vorstellungen hatte?

»Ja«, antwortete sie nach einer Weile. »Lena und ich wollen …« Sie brach ab, wusste plötzlich nicht mehr, was sie hatte sagen wollen.

»Ein paar Tage ausspannen?«, schlug der Kommissar vor.

Sie nickte. »Ja. Ausspannen. Über die Insel wandern.«

Eine kurze Stille entstand, die Nadine wie eine halbe Ewigkeit vorkam und sie nervös mit ihren Händen agieren ließ. Sie wusste nicht, wohin damit.

»Würde es Ihnen etwas ausmachen, mir kurz Ihren Ausweis zu zeigen?«, fragte der Kommissar.

Nadine hielt für ein paar Sekunden die Luft an, dann schüttelte sie den Kopf. Sie langte in ihre Hosentasche und zog ein schmales Portemonnaie hervor. Aus einem der Kartenschlitze fingerte sie das Ausweisdokument.

Der Kommissar warf einen Blick darauf und nickte knapp. »Danke.«

Die beiden Frauen kehrten zurück, was Nadine als große Erleichterung empfand. Endlich stand sie nicht mehr im Mittelpunkt des Geschehens.

»Wir sind hier fertig«, erklärte die Inselkommissarin, was offenbar mehr als Information für ihren Kollegen gedacht war. Abwechselnd sah die Frau Lena und Nadine an.

»Entschuldigen Sie die Störung.«

Lena erwiderte, dass alles halb so wild sei. »Ich hoffe, dass sich Ihr vermisster Koffer bald wieder anfinden wird.«

»Das hoffen wir auch«, antwortete die Polizistin und gab ihrem Kollegen ein Zeichen zum Aufbruch.

Nadine spürte den Blick des Kommissars noch immer auf sich ruhen. Gerade als sie sich fragte, ob er den Hinweis seiner Kollegin nicht verstanden hatte, setzte er sich aufreizend langsam in Bewegung, wobei er sie offenbar so lange wie möglich musterte.

Endlich schloss sich die Tür hinter den beiden und Nadine spürte, wie ein großer Teil Anspannung von ihr abfiel. Sie zitterte leicht und verspürte das Bedürfnis, sich hinzulegen.

Lena trat auf sie zu und berührte ihren linken Arm.

»Hey«, sagte die Blonde sanft. »Es ist alles in Ordnung, okay? Wir haben die Sache im Griff.« Eine kurze Pause entstand, bis Lena hinzufügte: »Das haben wir doch, oder?«

Nadine atmete tief durch, zwang sich damit zur Ruhe. Dann nickte sie. »Ja, das haben wir.«

»Das freut mich zu hören«, antwortete Lena. »Ich weiß, dass du stark genug bist. Du hast schon so viel geleistet, worauf du stolz sein kannst. Den Rest schaffen wir jetzt auch noch. Okay?«

Die beiden Frauen standen sich gegenüber.

»Okay.« Über Nadines Gesicht huschte der Anflug eines Lächelns.

Lena trat einen Schritt auf sie zu und strich ihr über das Gesicht.

»Vergiss nie, dass ich für dich da bin. Ich liebe dich.«

Kapitel 8

»Was hältst du von den beiden?«

Kolbe sah seine Kollegin von der Seite an, als sie die Gartenstraße in Richtung der Barkhausenstraße hinunterschritten und das nächste Haus ins Visier nahmen.

Rieke Voss erwiderte seinen Blick. »Diese Nadine schien mir reichlich nervös zu sein. Dabei hatte sie augenscheinlich doch gar keinen Grund dazu.«

»Vielleicht ja doch«, gab Kolbe zu bedenken. »Irgendwas stimmt mit der Frau nicht, dafür würde ich meine Hand ins Feuer legen. Vielleicht hat sie schon mal Bekanntschaft mit der Polizei gemacht.«

»Willst du sie überprüfen lassen?«

»Ich denke, es könnte nicht schaden.«

»Wir haben bei den beiden aber keinen braunen Aktenkoffer gefunden.«

»Den könnten sie rechtzeitig beiseite geschafft haben«, antwortete Kolbe, während sie auf das nächste Haus zu traten. Er zückte sein Handy und rief in der Dienststelle an. Dort erreichte er Enno Dietz, der ihm versprach, eine Datenbankabfrage anhand von Nadine Pohls Daten durchzuführen.

»Gibt es was Neues zu Krüger?«, fragte Kolbe anschließend.

»Frau Brockmann verhört ihn gerade. Sobald wir etwas wissen, geben wir Ihnen Bescheid.«

»Und?«, fragte Rieke, nachdem er aufgelegt hatte.

»Das Verhör läuft noch. Bis jetzt gibt es anscheinend nichts Wissenswertes für uns.«

Rieke nickte nachdenklich. »Sag mal, glaubst du eigentlich, dass Krüger weiß, wer *De Generaal* ist?«

»Keine Ahnung. Warum fragst du?«

»Wenn er es weiß, dann wäre es doch gut möglich, dass er auch weiß, wo genau diese Person sich auf der Insel aufhält.«

»Du meinst, er hätte den Koffer dann bereits der oder dem Richtigen vor die Tür gestellt?«

»War nur so ein Gedanke«, erklärte Rieke.

»Vielleicht gar kein schlechter«, antwortete Kolbe. »Noch ein Grund mehr, vorsichtig zu sein.«

Er streckte seine rechte Hand aus und betätigte den Klingelknopf.

***

Felix Boehm zuckte unter dem aufdringlichen Geräusch der Türklingel zusammen. Er senkte sofort sein Besteck und legte es neben seinen Teller.

»Wer kann das denn sein?«, platzte es aus ihm heraus.

Alina Boehm hob ihren Kopf. »Was siehst du mich dabei so an? Ich hab niemanden eingeladen.« Sie wollte sich erheben, doch Boehm bedeutete ihr, sitzen zu bleiben.

»Lass nur, ich kümmere mich darum.« Mit einer unsicheren Bewegung stand er auf und hätte beinahe seinen Stuhl dabei umgekippt. Es gelang ihm gerade noch, ihn aufzufangen und an seinen Platz zurückzustellen.

Als er den Flur durchquerte, klingelte es ein zweites Mal.

»Ja ja«, murmelte er.

Hinter der Glastür zeichnete sich ein riesiger schattenhafter Umriss ab.

Boehm öffnete und der bedrohliche dunkle Fleck wurde zu zwei Menschen, die ihn offen anblickten.

Die attraktive rothaarige Frau stellte sich und ihren Kollegen als die Inselkommissare von Langeoog vor.

Die Worte lösten etwas in Boehm aus. Sie trieben ihn an den Rand einer Panik. Er hatte keine Ahnung, wieso, aber irgendwie mussten sie das mit dem Koffer rausgekriegt haben. Vielleicht hatte ihn doch jemand gesehen, wie er ihn reingeholt hatte. Er konnte sich keine andere Erklärung vorstellen. Er zwang sich, ruhig zu atmen, aber es gelang ihm nicht. Im Gegenteil, Boehm fühlte sich, als würde er wie ein Fisch auf dem Trockenen nach Luft schnappen.

Es gab für ihn keinen Zweifel: Sie hatten ihn durchschaut. Sie wussten von ihm und seinen Absichten, den Inhalt des Koffers betreffend. Hinzu kam, dass ihm in diesem Augenblick bewusst wurde, dass er die Tür zum Schlafzimmer vorhin nicht geschlossen hatte. Und vom Flur aus konnte man direkt in den Raum hineinsehen. Mit ein wenig sportlichem Ehrgeiz war vermutlich sogar eine Ecke des Koffers unterhalb des Betts sichtbar. Aber vielleicht brauchten sich die Beamten in dieser Hinsicht gar nicht mehr anstrengen. Sie wussten es, sie wussten alles!

Er öffnete den Mund, um ihnen sein Geständnis entgegenzuschreien.

Genau in diesem Augenblick meldete sich Kommissar Kolbe zu Wort: »Wir sind auf der Suche nach einem vermissten Koffer. Es besteht die Möglichkeit, dass er fälschlicherweise hier abgegeben wurde.«

Boehm blinzelte. »Fälschlicherweise?«

»Aus Versehen«, antwortete der Beamte.

»Sie meinen, Sie sind sich nicht sicher, wo sich dieser … dieser Koffer befindet?«

»Nein«, antwortete die Rothaarige anstelle ihres Kollegen. »Deswegen führen wir eine Befragung bei allen Mietern durch, die heute angekommen sind.«

»Ach so ist das.« Boehm verspürte einen Funken Hoffnung. Allerdings war es immer noch möglich, dass es sich um irgendeine Art von Test handelte. Er musste vorsichtig sein.

Er bat die Beamten ins Haus und schloss die Tür hinter ihnen. Mit einem flüchtigen Lächeln drehte er sich um.

»Und wie genau kann ich Ihnen nun behilflich sein?«

»Es wäre nett, wenn wir uns einmal bei Ihnen umschauen dürften«, antwortete Rieke Voss.

»Umschauen«, wiederholte Boehm, lächelte und breitete die Arme aus. »Ja, warum nicht?«

Der Kommissar versicherte zusätzlich, dass es ihnen nur um die im Haus befindlichen Koffer ginge. Und dabei auch weniger um den Inhalt, als um die Gepäckstücke selbst.

Alina tauchte in der Tür zur Küche auf. Dahinter die Kinder – Sarah und sogar Josse, der sich ansonsten in der Phase, in der er sich augenblicklich befand, für wenig interessierte.

»Was ist denn los?«, fragte seine Frau, als die beiden Beamten an ihr vorbei getreten waren.

Boehm erklärte es ihr. Er tat es in wenigen Worten, spärlich und leise. Und er fühlte sich einigermaßen sicher dabei, sein Puls hatte sich beruhigt.

Er ließ Alina stehen und schlenderte den Flur hinunter. Mit einem Schritt zur Seite befand er sich im Schlafzimmer. Dort vollführte er einen halben Spagat, um den verräterischen Koffer mit dem Fuß ein Stück weiter unter das Doppelbett zu schieben.

Zuerst hatte er den Gedanken gehabt, den Koffer darunter hervorzuholen. Aber wohin damit? Er hatte ja keine Ahnung, wie gründlich diese Suche ablaufen würde. Er musste einfach darauf vertrauen, dass die Polizisten nicht auf dem Boden herumkriechen würden, um nach dem Koffer zu suchen.

Dann kam ihm eine Idee. Er richtete sich auf und zog und zerrte ein wenig an der Tagesdecke, die über dem Bett ausgebreitet war. Er zog so weit, dass sie an der Türseite ein gutes Stück herunterhing und somit einen Blick unter das Bett erschwerte.

Boehm blieben ein paar Sekunden, um seine Arbeit zu begutachten. Er ging zur Tür, drehte sich um und war mit dem Ergebnis zufrieden. Der Koffer war von hier aus nicht zu sehen.

Er hörte Stimmen. Die Beamten unterhielten sich mit Alina, sogar mit den Kindern. Türen wurden geöffnet und kurz darauf wieder geschlossen. Sie hielten sich offenbar nicht lange in den Räumen auf. Was gut war.

Dann näherten sich Schritte den Flur herunter. Boehm drehte sich zu den beiden großen Koffern um, die ihre Kleidung und die der Kinder enthielten und die noch unangetastet im Zimmer standen.

Alina führte die Polizisten her. »Hier sind die beiden großen Koffer. Und mein Mann. Den haben Sie ja wohl schon kennengelernt.«

Boehm grinste und trat beiseite, damit die Ermittler die Koffer inspizieren konnten. Es war plötzlich voll geworden in dem Schlafzimmer, was seiner Sache ebenfalls zugutekam.

»Wünschen Sie, dass ich die Koffer öffne?«, fragte er freundlich und schob hastig hinterher: »Das wäre kein Problem, wir haben nämlich nichts zu verbergen.«

»Das glaube ich Ihnen gerne«, sagte die Inselkommissarin. »Ich denke, das wird nicht nötig sein. Waren das alle Koffer, die sie mit hereingenommen haben?«

»Ja, alle«, gab Boehm zurück. »Wir haben wie jedes Mal versucht, nur das Nötigste mitzunehmen. Und wieder haben wir viel zu viel Zeugs mitgeschleppt.«

Boehm schickte ein kurzes Lachen hinterher, was ihm einen misstrauischen Blick seiner Frau einbrachte.

Er musste aufpassen, dass er es nicht übertrieb. Aber er spürte plötzlich eine ausgesprochen heitere Stimmung in sich aufkeimen. Weil er spürte, dass die Beamten gleich abziehen würden. Sie hatten alles gesehen. Und dann würde er es geschafft haben. Und wenn sie erst einmal hier gewesen waren, würde es für sie ganz sicher keinen Grund geben, noch einmal hier aufzutauchen. Und falls doch, würde er sicher ausreichend Gelegenheit haben, den Koffer an einer weniger zugänglichen Stelle zu deponieren.

Oder aber … Ihm kam plötzlich eine andere Idee. Er könnte den Inhalt in eine andere Tasche packen und den Aktenkoffer später ganz verschwinden lassen. Niemand würde Rückschlüsse ziehen können. Es sei denn, der Inselspediteur würde sich daran erinnern, dass …

Aber daran glaubte Boehm nicht. Er fühlte sich auf der Gewinnerstraße, gewissermaßen auf der Zielgeraden.

»Herr Boehm?«

Die Stimme der Kommissarin riss ihn aus seinen Überlegungen. Mit einem Mal registrierte er, dass ihn alle anstarrten.

»Oh, Verzeihung«, platzte es aus ihm heraus. »Ich war gerade abwesend. Was ist los?«

»Die Beamten wollten sich verabschieden«, antwortete Alina in einem säuerlichen Tonfall.

Boehm grinste. »Natürlich. Sie haben ja sicher noch ein paar Häuser vor sich, nehme ich an. Ich wünsche Ihnen viel Erfolg bei Ihrer Suche. So ein Koffer kann sich ja schließlich nicht in Luft auflösen, hm?«

Kapitel 9

»Seltsame Leute«, entfuhr es Kolbe.

»Familie Boehm?«, fragte Rieke. »Was ist mit denen?«

Sie waren noch immer am selben Haus, peilten jedoch bereits den nächsten Eingang an.

Der Inselkommissar zuckte mit den Schultern. »Ich weiß nicht recht. Irgendwie scheinen mir alle, die wir heute nach dem vermissten Koffer fragen, reichlich nervös zu sein. Zuerst Nadine Pohl und jetzt auch Felix Boehm.«

»Na ja, es ist ihr Anreisetag, da sind wahrscheinlich alle ein bisschen aufgeregt. Außerdem ist es ziemlich heiß, und schließlich haben all diese Leute sicher nicht täglich mit der Polizei zu tun.«

»Kann sein«, gab Kolbe maulend zurück. »Aber ich beginne mich langsam zu fragen, was Krüger mit dem verdammten Koffer angestellt hat.«

»Ich denke, in einem hatte Boehm recht: Er wird nicht einfach so verschwunden sein. Wenn er nicht an einem Ort versteckt ist, an dem wir noch nicht gesucht haben, hat ihn jemand an sich genommen.«

Sie waren an der nächsten Haustür stehen geblieben. Kolbe drehte sich um und blickte nachdenklich in die Ferne.

»Die Chefin hat zusätzliches Personal vom Festland mobilisiert. In Bensersiel finden ab sofort Kontrollen statt. Jeder, der von der Insel kommt, muss mit einer Durchsuchung rechnen.«

Rieke machte große Augen. »Was glaubt sie denn, wie lange das Spiel gehen soll? Und was ist mit den Leuten, die ihr Boot im Hafen von Langeoog liegen haben? Will sie die auch alle kontrollieren lassen?«

»Keine Ahnung. Ihr Gedanke ist, dass die Juwelen ganz sicher nicht auf der Insel bleiben, sondern ins Ausland abwandern sollen.«

»Amsterdam, ich weiß«, antwortete Rieke. »Dann kann sie den Flugplatz gleich mit kontrollieren lassen. Von wem auch immer. Das kann doch nur schiefgehen.«

»Tja«, sagte Kolbe, »das Beste wäre wohl tatsächlich, wir fänden dieses Ding so schnell wie möglich.«

»Dann also weiter.«

Sie drehte sich um und betätigte den Klingelknopf der nächsten Ferienwohnung.

Sie hörten von drinnen bereits Stimmen, noch bevor sich jemand daran machte, die Tür zu öffnen.

Ein junger Mann mit glattem Haar, graziler Nase und leicht hervorstehendem Adamsapfel tauchte vor ihnen auf.

»Ja?«

Die Inselkommissare erklärten zum wiederholten Mal ihr Anliegen, wobei Kolbe dieses Mal weitgehend das Reden übernahm.

Ihr Gegenüber stellte sich als Daniel Färber vor und sah sie eine Weile ungläubig an. »Ihnen ist ein Koffer abhandengekommen? Na, das hört man auch nicht alle Tage. Ist ja fast ein filmreifer Stoff, was? Aber bitte … kommen Sie rein. Wollen Sie was trinken?«

»Ein Glas Wasser wäre nicht schlecht«, antwortete Rieke. Kolbe gab dem Mann ein Zeichen, dass er sich anschloss.

Sie wurden in ein geräumiges Wohnzimmer geleitet, das mit Koffern geradezu überladen war.

Die Inselkommissare warfen sich gegenseitig einen fragenden Blick zu.

»Ich sollte vielleicht erklären, was wir hier machen«, sagte Färber mit einem Grinsen und deutete auf die abgestellten Hartschalenkoffer und Metallkisten. »Wir sind vom NDR und drehen in den nächsten Tagen eine Reportage über die Insel. Das ist Kristin Seiler, unsere Kamerafrau.«

Eine junge Frau mit kurzem blonden Haar und weit auseinanderstehenden grauen Augen stand vom Kunstledersofa auf und kam ihnen entgegen.

»Moin«, sagte sie knapp, was im Norden allerdings überall und jederzeit ausreichte.

»Moin«, erwiderte Kolbe deshalb.

»Wir fangen morgen an zu drehen«, erklärte sie. »Hauptsächlich erst mal eine Fülle von Bildmaterial querbeet über die Insel und das Wattenmeer.«

»Und die Koffer da?«, fragte Rieke.

Die junge Frau lächelte. »Alles Ausrüstungsgegenstände und Technik. Kameras, Stative, Mikrofone. In dem silbernen Kasten da sind zwei Drohnen für die Luftaufnahmen.«

»Meine Güte«, entfuhr es der Kommissarin, »und das müssen Sie alles zu zweit schleppen und bedienen.«

»Na ja, nicht ganz«, antwortete Kristin, »aber eigentlich schon.«

In diesem Augenblick rauschte nebenan die Toilettenspülung. Kurz darauf wurde eine schmale weiße Tür geöffnet, die der Mann, der aus dem kleinen Bad heraustrat, voll und ganz ausfüllte.

»Das ist Klaus Drescher, unser Regisseur«, erklärte Färber.

Der Angesprochene kam schniefend näher und sah die beiden Besucher abschätzend an.

»Was ist hier denn los? Seid ihr vom Sender, oder was?«

»Das sind ...«, begann Färber, geriet ins Stocken und wandte seinen Blick hilfesuchend in Riekes Richtung.

»Kolbe und Voss«, erklärte die Polizistin. »Die Inselkommissare.«

Drescher, ein übergewichtiger Mann mit grauem Vollbart und dunklen Schweißrändern unter seinen Hemdsärmeln, blickte irritiert drein, öffnete den Mund und ließ seine Zungenspitze über die schmalen Lippen flitzen.

»Wieso Kommissare? Von Polizei hab ich nix im Drehplan gesehen.«

»Was sicher daran liegt, dass wir nicht wegen Ihres Films hier sind«, erklärte Kolbe, »sondern beruflich.«

Rieke Voss beeilte sich, dem Regisseur ihr konkretes Anliegen zu schildern.

Drescher hörte der Polizistin zu und fuhr sich währenddessen mit den Fingern durch seinen Bart, was ein kratzendes Geräusch erzeugte.

»Muss ja ein ziemlich wichtiges Gepäckstück sein, wenn man gleich zwei Kommissare darauf ansetzt. Ist wohl was Wertvolles drin?«

»Sie haben den gesuchten Koffer demnach nicht gesehen?«, hakte Kolbe nach. »Oder haben vielleicht in diesem Zusammenhang etwas oder jemanden beobachtet?«

Drescher schüttelte den Kopf. »Weder noch.«

Er blickte seine Kollegen der Reihe nach an. »Ist doch so. Oder weiß jemand von euch mehr?«

»Nein«, antwortete Kristin. »Wir waren viel zu sehr damit beschäftigt, unser eigenes Zeug hier reinzuschaffen.«

»So ist es«, pflichtete ihr Färber bei.

Die Inselkommissare inspizierten kurz die übrigen Räume und kehrten nach wenigen Minuten unverrichteter Dinge wieder in das Wohnzimmer zurück.

»Na? Nix gefunden?« Drescher beäugte die beiden Beamten von der Seite, während er sich mit einem zischenden Geräusch eine Dose Bier aufmachte. Schlürfend nahm er den ersten Schluck und bemerkte: »Hätt mich auch gewundert.«

»Wie lange bleiben Sie auf der Insel?«, fragte Kolbe.

Der Regisseur zuckte mit den Schultern und leerte sein Bier mit zwei weiteren gewaltigen Schlucken. Anschließend zerquetschte er die Dose mit einer Hand und warf sie in einen Sammelbehälter in der Küche.

»Je nachdem, wie lange es dauert, das Material zusammenzudrehen«, antwortete er schließlich und unterdrückte dabei ein Rülpsen.

»Die Wohnung hat der Sender für eine Woche gemietet«, half Kristin Seiler aus. Sie musterte Kolbe mit einem neugierigen Blick. »Was passiert, wenn Sie diesen Koffer, den Sie da suchen, nicht finden?«

Der Inselkommissar lächelte die Angestellte an. »Dann wird sich der Eigentümer wohl einen neuen zulegen müssen.«

Kapitel 10

Die Durchsuchungen in der Gartenstraße wurden am späten Nachmittag abgeschlossen. Gerret Kolbe wurde kurz im Polderweg vorstellig, um eine kalte Dusche zu nehmen und sich ein frisches Hemd anzuziehen.

Als er aus dem Bad kam, stand die Tür seines Zimmernachbarn Otto Ladengast offen. Es roch leicht nach dem Rauch von Zigarillos.

»Kolbe?«

Der Inselkommissar war gerade im Begriff, die Treppe hinunterzusteigen, als ihn der leise Ruf ereilte. Er machte auf dem Absatz kehrt und wandte sich nach rechts. Obwohl Ladengasts Tür geöffnet war, klopfte er kurz an, bevor er eintrat.

»Professor, was gibts?« Kolbe schlug die aufgestaute Hitze des Dachzimmers entgegen. Die Vorhänge waren nur halb zugezogen, ein heller Lichtstrahl, in dem Staubpartikel tanzten, fiel auf den Dielenboden und den dunklen Läufer.

»Nichts Besonderes«, gab der Alte zurück, der an seinem Schreibtisch vor einem eingeschalteten Computer saß. Er trug ein langärmliges Hemd und braune Cordhosen. Kleidungsstücke, die er vermutlich aus den Achtzigerjahren herübergerettet hatte.

Ladengast drehte sich auf seinem Stuhl halb zu Kolbe um und legte seinen bis auf einen winzigen Stummel heruntergebrannten Zigarillo zu den anderen in einen hoffnungslos überfüllten Aschenbecher.

»Er ist hier, Kolbe. Hier auf der Insel.«

Kolbe, auf dem falschen Fuß erwischt, blinzelte. »Was? Von wem reden Sie?«

»Von wem werde ich wohl reden? Von Trautner natürlich. Ex-Major Arnulf Trautner von der ehemaligen DDR-Volksarmee. Er ist hier auf der Insel gesehen worden. Von Franzi. Der Kerl hat die Unverfrorenheit besessen, bei ihr im Souvenirladen aufzutauchen.«

Kolbe bewegte sich mit kurzen Schritten weiter in das glühend heiße Zimmer hinein.

»Hat er etwas gesagt oder getan? Hat er Bente etwas für Sie ausrichten lassen?«

»Nichts von alledem«, antwortete der Ältere. »Aber er hat sie beim Bezahlen angesehen.«

Der Kommissar verengte die Augen leicht. »Sorry, Professor, aber ich denke, das tun die allermeisten. Nahezu jeder sieht doch die Person an der Kasse an. Und wenn sie Bente Franzen heißt, verstehe ich das umso mehr.«

»Sie wissen mal wieder nicht, worauf ich hinauswill«, entgegnete Ladengast in gespielt gereiztem Tonfall. »Er hat sie nämlich auf eine ganz besondere Weise angesehen. Sein Blick sagte: Ich weiß, wer du bist, Mädchen. Und ich weiß, dass du dem alten Ladengast Unterschlupf gewährst. Das macht dich automatisch auch zu meinem Feind.«

Ein leicht gequälter Ausdruck erschien auf Kolbes Gesicht. »Professor, denken Sie nicht, dass Sie ein klein wenig übertreiben? Sie hatten schon vor Monaten die Befürchtung, dieser Mann könne sich auf Langeoog herumtreiben.«

»Genau das tut er ja auch nach wie vor«, beharrte Ladengast.

»Und?«, fragte Kolbe, »Ist seitdem etwas passiert? Haben Sie irgendwelche ungewöhnlichen Vorgänge bemerkt?«

»Das nicht. Aber seine bloße Anwesenheit ist mir bereits Beweis genug.« Ladengast lachte matt. »Ich habe die Siebzig mittlerweile glanzvoll überschritten, ich bin damals den DDR-Schergen entkommen und jetzt sitze ich hier in einem angeblich freien Land und muss immer noch Angst haben, dass mir dieser Kerl eine Falle stellt.«

Der Kommissar hob abwehrend die Hände.

Der Alte nickte mehrfach energisch. Dann wurde er plötzlich ganz still. »Er will mich umbringen, Kolbe.«

Für einen Moment herrschte Stille in der Dachkammer. Der letzte Rest des Zigarillos schickte einen weißgrauen Rauchfaden in Richtung der Zimmerdecke.

»Also gut«, lenkte Kolbe ein, »ich werde mich bei Gelegenheit mal umhören. Wissen Sie zufällig, wo dieser Trautner untergekommen ist? Ich meine, er wird ja irgendwo auf Langeoog wohnen, wenn er sich bereits seit Längerem hier aufhält.«

»Das weiß ich leider nicht«, gab der Professor zurück. »Ich kann mir gut vorstellen, dass er alle paar Tage sein Quartier wechselt. So ist er schon immer gewesen: wie ein Schatten. Jemand, der dann zuschlägt, wenn man es am wenigsten vermutet.«

Der Inselkommissar seufzte leise. »Jetzt dichten Sie ihm nicht auch noch irgendwelche Superheldenkräfte an. Der Mann ist doch sicher genau wie Sie über siebzig.«

Ladengast lehnte sich auf seinem Stuhl nach vorne. »Glauben Sie denn, dass so jemand nicht zum Mörder werden kann? Und was Trautner angeht: Ich weiß, dass ich nicht sein erstes Opfer wäre. Den Weg, den er für mich vorgesehen hat, sind schon andere vor mir gegangen.«

»Wie gesagt«, gab der Kommissar zurück, »ich werde mich nach dem Mann umhören. Und wenn ich ihn finde, werde ich ihn zur Rede stellen. Ich denke, bis auf Weiteres sind Sie hier im Haus von Frau Franzen noch immer sicher untergebracht.«

»Das fehlte noch, dass ich mich aus meiner Wohlfühlumgebung vertreiben lasse.«

Kolbe warf einen Blick auf den qualmenden Aschenbecher und fächerte sich mit dem Kragen seines frischen Hemds, unter dem er bereits wieder das Schwitzen angefangen hatte, Luft zu. Er wandte sich zum Gehen, wurde von Ladengast jedoch zurückgerufen.

»Arbeiten Sie gerade an einem aktuellen Fall?«

Der Kommissar wiegte seinen Kopf hin und her. »Gewissermaßen.«

»Worum gehts?«

»Um einen verschwundenen Koffer.«

»Interessant. Koffern hängt immer etwas Geheimnisvolles an, finden Sie nicht?«

»Ich weiß nicht«, antwortete Kolbe.

»Ich finde schon. Was ist denn drin?«

»Gestohlene Juwelen im Wert von schätzungsweise einer Million.«

Ladengasts Mundwinkel zuckten. Kurz darauf brach der alte Mann in ein schallendes Lachen aus. Er wischte sich eine Freudenträne aus dem rechten Augenwinkel.

»Ich sollte Ihnen eigentlich böse sein, dass Sie mir gegenüber so flapsig sind, aber … alles, was recht ist, Kolbe … der Witz war wirklich gut!«

***

Etwa fünfzehn Minuten später stieß Kolbe die Glastür der Dienststelle auf.

Enno Dietz saß auf seinem Platz hinter dem Tresen und leckte genüsslich an einem Wassereis.

»Ah, Herr Kolbe. Sie werden schon sehnsüchtig erwartet, glaube ich. Sie sitzen alle im Büro der Chefin. Wollen Sie auch ein Eis? Ich hab für alle eins besorgt. Liegen im Gefrierfach nebenan.«

»Danke, Enno«, antwortete Kolbe mit einem Lächeln. »Später vielleicht. Hat Ihre Abfrage zu Nadine Pohl etwas ergeben?«

»Gut, dass Sie es sagen.« Enno blickte geschäftig zur Seite und kramte zwischen seinen Unterlagen einen Notizzettel hervor. Er blinzelte leicht, um seine eigene Schrift zu entziffern.

»Sie hatte vor drei Jahren Probleme mit illegalem Drogenbesitz. Dazu noch ein Diebstahlsdelikt – Beschaffungskriminalität. Hat deswegen zehn Monate eingesessen. Begab sich währenddessen in eine Therapie. Was draus geworden ist … keine Ahnung.«

Kolbe blieb für einen Moment nachdenklich stehen. Dann nickte er. »Danke, Enno.«

Er steuerte Gesa Brockmanns Büro an, das am Ende eines langen Korridors lag. Im Gehen vernahm er bereits die Stimme seiner Chefin, die vehement auf jemanden einredete. Kolbe hatte eine Vorstellung davon, um wen es sich handelte.

Er klopfte an und öffnete.

Zwei Köpfe wandten sich in seine Richtung. Gesa Brockmann sah ihn mit sauertöpfischem Gesicht an, Rieke Voss hingegen brachte wenigstens noch ein knappes Lächeln zustande. Sie nickte unauffällig in Richtung ihrer Vorgesetzten und änderte dabei ihren Gesichtsausdruck zu einer Miene, als ob sie etwas Schlimmes befürchtete.

»Kolbe«, sagte Gesa Brockmann. Und so, wie sie es sagte, klang es beinahe wie ein Schimpfwort. »Schön, dass Sie es auch noch hierher geschafft haben.«

Der Angesprochene nickte seiner Chefin mit einem Lächeln zu und zog sich einen freien Stuhl heran.

Auf dem Platz neben ihm hockte Krüger, der offenbar darauf verzichtet hatte, einen Anwalt zu rufen, denn es war niemand hier und es war auch nicht mehr die Rede davon.

Der Festgenommene saß mit hängenden Schultern da, er wirkte müde, fast abwesend, so als ginge ihn die Unterhaltung nichts an. Vielleicht, dachte Kolbe, hatte seine Chefin genau aus diesem Grund eine derart schlechte Laune.

»Kommen wir also wieder auf unser Thema zurück«, begann Gesa Brockmann und deutete auf den Mann neben dem Kommissar. »Herr Krüger hat sich leider bisher nicht sehr gesprächig gezeigt. Freiwillig hat er uns eigentlich nur verraten, dass sein Vorname Leon und heute Samstag, der fünfzehnte ist. Was wir allerdings auch ohne seine Hilfe schon wussten.«

»Ziemlich kurzsichtig von Ihnen, Krüger«, sagte Kolbe. Er warf seinem Sitznachbarn einen kurzen Blick von der Seite zu.

»Wieso?« Das Wort war mehr ein schnarrender Laut aus trockener Kehle. Krüger hatte selbst das Glas Wasser verschmäht, das direkt vor ihm auf dem Tisch stand.

»Meine Kollegin und ich sind heute in der Gartenstraße gewesen«, fuhr der Kommissar fort. »Wir haben uns dort besonders gut umgesehen. Und raten Sie mal, was wir gefunden haben?«

»Woher soll ich das wissen? Ich war ja nicht dabei.«

»Wir haben nichts gefunden. Was bedeutet, dass Sie den Koffer entweder sehr gut versteckt haben oder ihn jemand an sich genommen hat.«

Krüger starrte vor sich hin. Er vermied es nach wie vor, einen der Beamten anzusehen. »Was geht mich das an? Sie sind doch die Ermittler hier, oder täusche ich mich da? Es ist Ihre Aufgabe, herauszufinden, was passiert ist.«

»Und der kommen wir nach, keine Sorge«, antwortete Kolbe. »Die Sache ist die: Wir glauben nicht daran, dass es Ihnen in der verbliebenen kurzen Zeit gelungen sein soll, ein derart raffiniertes Versteck zu finden, das wir bisher nicht in der Lage waren, aufzuspüren. Soll ich Ihnen sagen, was wir glauben?«

»Ich kanns kaum erwarten«, antwortete der Festgenommene. Eine kurze Pause entstand.

»Na kommen Sie schon«, platzte es aus Krüger heraus, »je eher Sie die Bombe platzen lassen, desto eher kann ich wohl gehen.«

»Wir glauben, dass der Koffer irgendwo in der Gartenstraße seinen Besitzer gewechselt hat«, fuhr Kolbe unbeirrt fort. »Wir wissen sogar ungefähr wo. Nämlich in der ersten Hälfte der Straße, wenn man von der Barkhausenstraße herkommt.«

»Meinen Glückwunsch.«

Kolbe beugte sich leicht zu Krüger hinüber und drosselte seine Lautstärke. »Wir wissen, dass Sie den braunen Aktenkoffer irgendwo zu den anderen Gepäckstücken, die der Spediteur kurz zuvor angeliefert hatte, abgestellt haben. Aus einem ganz einfachen Grund: Sie waren verzweifelt! Sie wussten, dass wir hinter Ihnen her waren, und es galt, um jeden Preis zu vermeiden, dass wir den Koffer in die Hände bekommen. Also gingen Sie das Risiko ein, ihn zwischen das Gepäck der frisch angekommenen Urlauber und Touristen zu stellen. Ein gar nicht mal so unkluger Schachzug.«

»Vielen Dank für die Blumen«, antwortete Krüger kaltschnäuzig.

Der Kommissar zeigte sich unbeeindruckt. »Sie haben den Koffer irgendeinem Fremden vor die Tür gestellt, richtig? Jemandem, der vielleicht noch gar nichts von seinem Glück ahnt. Und jetzt hoffen Sie … ja, worauf eigentlich, Krüger?«

Der Angesprochene zeigte keine Reaktion, weswegen Kolbe fortfuhr: »Vielleicht darauf, dass derjenige den Fund nicht meldet? Denn dann wären Sie genauso aufgeflogen. Kann also sein, dass der Finder gerade im Augenblick irgendwo hockt und sich überlegt, was er mit seinem Fund anfangen soll. Aber wie geht es jetzt weiter, Krüger? Haben Sie darauf vielleicht eine Antwort?«

»Ich bleibe dabei«, presste Krüger hervor, »ich weiß nicht, wovon Sie da reden. Ich weiß auch nichts von einem Koffer. Keine Ahnung, was Sie mir da unterstellen wollen. Aber Tatsache ist doch: Wenn Sie etwas in dem Koffer, welchem Koffer auch immer, vermuten, müssten Sie mir erst mal die Existenz dieses Teils nachweisen. Und das können Sie nicht. Und deswegen ist das Ganze hier eine Farce.«

»Sie bewegen sich auf dünnem Eis, Herr Krüger«, schaltete sich Gesa Brockmann von der anderen Seite des Schreibtischs ein. »Auf ganz dünnem sogar. Sobald wir den Koffer sichergestellt haben, fällt Ihr Kartenhaus in sich zusammen. Dann werden Sie mit uns reden müssen.«

»Wenn das jemals der Fall ist«, antwortete Krüger angriffslustig. »Und das ist ein ziemlich fettes *Wenn*! Im Augenblick haben Sie nichts als Verdächtigungen.«

»Wir haben ein bisschen mehr«, gab Gesa Brockmann zurück. »Vielleicht sogar eine Menge mehr. Aber es wäre unklug, Ihnen jetzt mehr zu verraten.«

Der Mann auf dem Stuhl neben Kolbe schnaufte verächtlich. »Sie bluffen. Aber damit werden Sie mich nicht reinlegen. Auf gar keinen Fall. Sie haben keinerlei Beweise gegen mich, und das wissen Sie auch ganz genau. Also, was ist? Kann ich jetzt vielleicht gehen oder zwingen Sie mich doch dazu, meinen Anwalt anzurufen?«

Gesa Brockmann lehnte sich in ihrem Bürostuhl zurück. Das Kunstleder knirschte unter ihrem Gewicht.

»Also gut, Herr Krüger. Ich lasse Sie gehen. Unter einer Bedingung: Sie bleiben bis zum Ablauf von vierundzwanzig Stunden hier auf der Insel. Sie befinden sich offiziell also immer noch in Polizeigewahrsam. Außerdem wird sie einer meiner Mitarbeiter während dieser Zeit begleiten.«

»Was soll das?«, schnappte Krüger.

»Sie haben richtig gehört.« Gesa Brockmanns Mundwinkel zuckten. »Sie werden keinen Schritt ohne Beaufsichtigung tun können. Aber ich will nicht unfair sein. Sie können sich Ihre Begleitung aussuchen.« Sie deutete nacheinander auf Rieke Voss und Gerret Kolbe.

»Nun, Herr Krüger? Wer soll Ihr Herzblatt sein?«

Kapitel 11

»Trinken Sie auch was?«

Krüger winkte dem Barkeeper, während ihm der Schweiß in Strömen vom Gesicht rann.

»Warum nicht?«, fragte Rieke. »Mir ist nach einem echten Ostfriesentee. Genau das Richtige, wenn es so heiß ist.«

Er setzte einen missbilligenden Gesichtsausdruck auf. »Wie können Sie das Zeug bloß trinken? Aber bitte, ich lasse mich nicht lumpen, nachdem Sie mich alle so freundlich behandelt haben.«

»Wir tun hier nur unsere Arbeit«, entgegnete die Kommissarin.

Der Barkeeper blieb vor ihnen stehen, Krüger gab die Bestellung auf.

»Was Sie nicht sagen. Und was ist mit mir? Mich zwingen Sie, über Nacht auf der Insel zu bleiben.«

Rieke sah sich demonstrativ um. »Ich weiß gar nicht, was Sie haben, das Hotel ist doch ziemlich schick, Ihre Übernachtung und das Frühstück zahlt der Staat und es gibt wesentlich ungastlichere Orte auf der Welt als Langeoog.«

Krüger lachte sarkastisch. »Kann sein.«

»Und doch wären Sie jetzt am liebsten ganz woanders«, mutmaßte die Kommissarin. »So weit weg wie möglich. Aber das geht ja nicht. Sie haben hier ja noch einen Job zu erledigen.«

Der Barkeeper brachte einen doppelten Whisky mit Eis und ein kleines Tablett mit Tee und Sahne. Er nickte den beiden zu und verschwand.

»Cheers«, sagte Krüger und hob sein Glas. Er wartete, bis Rieke die Sahne in ihren Tee drapiert hatte, schwenkte das Glas kurz in ihre Richtung und nahm einen Schluck.

»Haben Sie eigentlich Spaß daran?«, fragte er.

»Woran genau?«

»Mich zu begleiten, zu überwachen oder wie immer Sie das nennen.«

»Ich kann mir Schlimmeres vorstellen, als in einer klimatisierten Bar zu sitzen und Tee zu trinken«, antwortete Rieke. »Und Sie? Was haben Sie jetzt noch vor?«

Krüger drehte das Glas in seinen Händen. Die Eiswürfel klirrten leise.

»Ich denke, ich werde gleich auf mein Zimmer gehen und mich ein wenig ausruhen.«

»Natürlich.«

Er sah sie ernst an. »Ich vertrage die Hitze da draußen nicht.«

»Ist klar.«

Krüger lächelte, dann trank er aus und stellte das leere Glas vor sich ab. »Ich denke, ich werde als Erstes eine kalte Dusche nehmen. Wie ist das eigentlich? Folgen Sie mir auch bis in mein Zimmer?«

Rieke nippte an ihrem Tee und schüttelte den Kopf.

»Schade«, sagte Krüger.

»Trösten Sie sich«, erwiderte die Kommissarin, »ich werde da sein, sobald Sie Ihr Zimmer wieder verlassen. Ach ja, und falls ich es vergessen haben sollte: Besuch ist natürlich nicht erlaubt. Aber ich denke, so leichtsinnig werden Sie ohnehin nicht sein.«

Krüger erhob sich von seinem Barhocker. Er blieb für einen Moment stehen und sah die Kommissarin an. Dann lächelte er und wandte sich ab.

Rieke Voss sah ihm nach, wie er sich in Richtung des Hotelaufzugs bewegte und kurz darauf in der Kabine verschwand.

Die Kommissarin lächelte leise, als sich die Tür hinter ihm schloss.

***

Noch in der Aufzugskabine zog Krüger sein Handy aus der Tasche, starrte auf das Display und zuckte unter der Mitteilung über die sieben entgangenen Anrufe zusammen. Beinahe hätte er darüber vergessen, die Taste für den zweiten Stock zu betätigen. Er bemerkte es erst, nachdem sich der Aufzug nicht in Bewegung setzte.

Er drückte den Knopf und ließ das Handy zurück in seine Hemdtasche gleiten.

Krüger schwitzte am ganzen Körper, sein Hemd war ihm zu einer zweiten Haut geworden.

Er betrachtete sich in dem riesigen Spiegel, der die Rückwand der Aufzugskabine bildete und erschrak. Bleich, Schweißperlen auf der Stirn und zwei Augen, die fiebrig wirkten. Der Blick, den er sich selbst zuwarf, war fahrig und gehetzt.

Wie ein wildes Tier, dachte er. Ein Tier, das auf dem Weg zur Schlachtbank war, weil man es …

Das leise „Pling" des Aufzugs riss ihn aus seinen Gedanken. Die Tür öffnete sich automatisch.

Beinahe wäre Krüger in ein älteres Paar hineingerannt, das vor dem Fahrstuhl wartete. Er murmelte eine knappe Entschuldigung und hastete an den beiden vorbei. Im Gehen zückte er seine Schlüsselkarte und führte sie durch den Schlitz der Tür zu Zimmer zweihundertneun.

Er stolperte wie ein Betrunkener in das Zimmer und ließ die Tür hinter sich zufallen. In dem Raum war es still. Die beiden Fenster waren geschlossen. Nur das leise Surren der Klimaanlage machte sich unaufdringlich bemerkbar.

Krüger spürte einen kalten Hauch über seine nasse Stirn wehen. Dahinter hingegen pochte und raste es. Seine Gedanken überschlugen sich und kehrten dabei immer wieder an denselben Punkt zurück, wie ein Modellauto, das in rasantem Tempo über eine Carrera-Autorennbahn jagte.

Erneut zog er das Handy hervor und wischte hektisch mit dem Zeigefinger über das Display. Die verpassten Anrufe stammten offensichtlich alle von demselben Anschluss. Eine Rufnummer wurde nicht angezeigt, also konnte es sich nur um die Person handeln, dessen wahre Identität Krüger nicht kannte.

De Generaal.

Er hatte nicht die Möglichkeit zurückzurufen. Also würde er wohl oder übel warten müssen, bis …

Als das Handy in seiner Hand vibrierte, hätte Krüger es beinahe fallenlassen. Ein heiserer, halb erstickter Laut entfuhr seiner Kehle. Sein Puls beschleunigte sich augenblicklich, als er den Finger ausstreckte, um das Gespräch anzunehmen.

»Ja?«

»Na endlich!«

Es war das erste Mal, dass er mit dem General sprach. Dass es sich um diese Person handelte, wusste er sofort. Niemand sonst, der Krügers Handynummer kannte, würde einen Stimmverzerrer einsetzen. Die Stimme des Anrufers erinnerte an die eines Dämons aus irgendeinem zweit- oder drittklassigen Horrorfilm. Die bedrohliche Wirkung blieb jedoch aus, da trotz des Einsatzes der Technik ein leicht holländisch eingefärbter Dialekt herauszuhören war. Was Krüger stattdessen Angst einflößte, waren die leisen Atemgeräusche, die in der kurzen Gesprächspause zu ihm durchdrangen.

»Wo haben Sie so lange gesteckt? Warum gehen Sie nicht an Ihr verdammtes Telefon?«

»Ich … war in Schwierigkeiten«, gab Krüger zurück.

»Was für Schwierigkeiten?« Die Stimme am anderen Ende hatte einen gefährlichen, lauernden Unterton angenommen.

»Die Polizei war hinter mir her. Es … es war nicht meine Schuld. Die müssen von irgendwoher einen Tipp bekommen haben. Jedenfalls gibt es eine kleine Planänderung, was die Ware angeht.«

»Was ist damit?«

»Ich musste den Koffer auf meiner Flucht aus der Hand geben.«

Eine kurze Pause entstand. Krüger konnte förmlich hören, wie es hinter der Stirn seines Anrufers arbeitete.

»Was soll das heißen? Reden Sie gefälligst Klartext!«

»Ich habe den Koffer vor einem großen Ferienhaus in der Gartenstraße abstellen müssen. Ich hatte keine andere Wahl. Ich konnte nicht riskieren, dass die Bullen mich zusammen mit der Ware in die Finger bekommen.«

»Wo sind Sie jetzt?«

»In einem Hotel hier auf Langeoog.«

»Sie haben etwas von Polizei gesagt.«

Krüger wischte sich mit dem Hemdsärmel über die Stirn. »Die haben mich geschnappt und auf die Dienststelle geschleppt. Aber sie haben nichts rausbekommen. Ich habe nichts gesagt. Und den Koffer haben sie auch nicht gefunden. Sie mussten mich wieder gehen lassen.«

Der Anrufer ließ sich wiederum Zeit mit einer Antwort.

»Das ist nicht gut! Überhaupt nicht gut! Was haben Sie sich dabei gedacht?«

»Wie gesagt …«

»Durch Ihr Handeln haben Sie alles in Gefahr gebracht, Sie verdammter Idiot! Ist Ihnen eigentlich klar, was mit Ihnen passiert, sollte ich den Koffer nicht bis heute Abend in Händen halten?«

»Das werden Sie, keine Sorge«, beeilte sich Krüger zu versichern. »Ich muss nur einen Weg finden, mir den Koffer zurückzuholen.«

»Werden Sie von der Polizei beobachtet?«

»Ja«, antwortete Krüger zögernd. »Das ließ sich nicht vermeiden. Aber ich … ich finde eine Möglichkeit. Versprochen!«

»Sie sind ein jämmerlicher Versager! Wie konnten wir uns nur auf jemanden wie Sie einlassen?«

Krüger presste seine Lippen aufeinander und wartete ab, bis der General weitersprach.

»Wo genau befindet sich der Koffer jetzt? Vor welchem Haus haben Sie ihn abgestellt?«

»Hausnummer fünfzehn. Es ist ein großer roter Klinkerbau mit mehreren Ferienwohnungen. Ich glaube, es sind vier.«

»Sie glauben es?«

»Nein, es sind vier«, schob Krüger hastig hinterher. »Ich habe den Koffer vor der dritten Wohnung abgestellt. Zwischen zwei große Hartschalenkoffer.«

»Die sind doch sicher längst hereingeschafft worden. Und das Haus steht vermutlich ebenfalls unter Beobachtung.«

»Nein, das glaube ich nicht. Sie … sie wissen nicht, wo ich den Koffer abgestellt habe. Ich habe es ihnen nicht gesagt.«

»Aber sie wissen die Straße, wenn man Sie dort aufgegriffen hat. Die Polizei wird den Ort kontrollieren. Sie haben uns unnötig in große Schwierigkeiten gebracht, Mijnheer.«

»Es war nicht meine Schuld!«, platzte es aus Krüger heraus. »Ich habe keine Ahnung, woher der Tipp kam. Vielleicht sollten Sie besser mal in Ihrer Organisation nach einer undichten Stelle forschen, anstatt mir den Schwarzen Peter in die Schuhe schieben zu wollen!«

»Das reicht!« Die verzerrte Stimme schrie ihn an.

Krüger verzog schmerzhaft das Gesicht und brachte sein Handy auf einen größeren Abstand.

»Sie werden die Ware herbeischaffen«, fuhr der Anrufer fort. »Es ist mir ganz gleich, wie. Die Übergabe wird heute um Mitternacht stattfinden. Den genauen Ort werde ich Ihnen durchgeben.«

»Wie kann ich Sie erreichen?«, fragte Krüger. »Ich meine, nur für den Fall, dass …«

»Gar nicht. Ich werde Sie kurz vor Mitternacht anrufen und Sie mit weiteren Instruktionen versorgen. Ich gebe Ihnen den guten Rat, diesen Auftrag nicht zu versauen. Wenn die Ware verloren geht, sind Sie tot, Herr Krüger!«

Ein leises Rascheln in der Leitung, dann wurde die Verbindung abrupt beendet.

Krüger stand im kühlen Wind der Klimaanlage und blickte gedankenverloren auf das Handy in seiner Hand.

Bis Mitternacht waren es noch etwas mehr als sechs Stunden. Vielleicht noch Zeit genug, sich etwas zu überlegen und die verfahrene Situation zu retten. Er musste sich etwas ausdenken.

Aber wie, wenn die rothaarige Kommissarin ihn im Auge behielt? Einem plötzlichen Impuls folgend trat er zur Tür und riss sie auf. Der Korridor vor ihm war leer. Aber er gab sich keinen falschen Hoffnungen hin. Wenn Sie nicht hier oben war, saß sie bestimmt noch in der Lobby und behielt das Treppenhaus und den Aufzug im Auge.

Er könnte es über das Kellergeschoss probieren, dachte er. Vielleicht besaß es einen eigenen Ausgang. Aber so schlau würden seine Gegenspieler sicher auch sein.

Zurück ins Zimmer. Als die Tür ins Schloss fiel, war Krüger bereits an das Fenster getreten und fegte in einer unwirschen Handbewegung den Vorhang beiseite.

Er blickte auf die Gartenstraße hinaus, auf der um diese Zeit wenig Betrieb herrschte. Die Urlauber waren jetzt vermutlich alle am Strand oder auf der Insel unterwegs.

Und er hockte hier wie ein Gefangener! Seine rechte Hand krallte sich in den Stoff des Vorhangs und hinterließ dort feuchte, knittrige Falten.

Er konnte nicht hierbleiben. Er musste etwas tun.

Ein kurzer Blick ins Bad. Er würde die kalte Dusche nehmen, die er sich vorgenommen hatte. Vielleicht würde ihm das beim Nachdenken helfen.

Möglicherweise gab es noch einen Ausweg aus diesem Dilemma.

Es musste einen geben!

Kapitel 12

Im Haus und vor allem dahinter war es ruhig. Vermutlich waren alle ausgeflogen.

Felix Boehm hatte in einem Schuppen, der zum Ferienhaus gehörte, eine alte Schaufel gefunden. Sie hatte an die Wand gelehnt dagestanden, halb versteckt hinter zwei ausklappbaren Partybänken und einem voluminösen Kugelgrill.

Mit dem Werkzeug in der Hand huschte er aus dem Dunkel des Schuppens hinaus ins pralle Sonnenlicht.

Der Sandkasten gehörte exklusiv zu ihrer Ferienwohnung. Es bestand also nicht die Gefahr, dass anderer Leute Bälger sich hier hinter das Haus verirrten und dabei vielleicht auf die Idee kamen, in der Sandkiste herumzuwühlen. Seine eigenen Kinder waren noch weiter davon entfernt, dieses in der Ferienhausbeschreibung angepriesene Extra zu benutzen. Wenn es denn schon Sand sein musste, dann zogen sie den Strand vor, einer der Hauptgründe, warum sie überhaupt nach Langeoog gekommen waren.

Boehm blickte sich nach allen Seiten um, bevor er über die Holzumrandung der Kiste trat und sich an die Arbeit machte. Er hoffte, dass der Sand für sein Vorhaben ausreichen würde. Es wäre zu dumm, wenn er beim Graben auf schwarze Muttererde stoßen würde.

Boehm begann zu schaufeln. Zuerst hektisch und auf Menge bedacht, dann etwas vorsichtiger. Er hatte Glück. Die Grube war tief genug, um den verräterischen Koffer darin zu versenken. Er rammte die Schaufel in den Sand und machte auf dem Absatz kehrt, zurück in den Schuppen, wo der leere Koffer auf ihn wartete. Ohne zu zögern packte Boehm den Griff und rannte wieder nach draußen. Dies war der wirklich riskante Teil seines Plans, denn Alina oder die Kinder könnten ihn theoretisch aus dem Wohnzimmerfenster bei seiner Arbeit beobachten. Allerdings rüstete sich die Familie gerade im Flur für den ersten Strandbesuch.

Boehm hatte die Gelegenheit genutzt, Spuren zu beseitigen. Er konnte es nicht riskieren, den Koffer weiterhin in der Wohnung aufzubewahren. Seiner bescheidenen Einschätzung nach waren die Juwelen nicht nur echt, sondern höchstwahrscheinlich sogar sehr wertvoll. Und möglicherweise gestohlen, doch in diesem Punkt war er sich nicht ganz sicher. Wie auch immer: Der Koffer musste weg, denn Boehm rechnete nicht damit, dass die Beamten es bei einer einfachen Befragung und einer kurzen Inspektion der Räume belassen würden. Wenn das Zeug nur halb so wertvoll war, wie Boehm annahm, würde es jemand vermissen. Und dieser Jemand würde sicher alles daransetzen, sein Eigentum wieder aufzuspüren. Das galt es zu verhindern.

Der Platz im Sandkasten war nicht der endgültige Ort, den Boehm für den Koffer vorgesehen hatte. Aber solange es hell war, konnte er es nicht riskieren, sich damit weiter als ein paar Meter vom Haus zu entfernen.

Mit einem dumpfen Laut ließ er den Aktenkoffer in die ausgehobene Grube fallen und machte sich sofort daran, den Sand wieder darüber zu schaufeln. Innerhalb weniger Sekunden war nichts mehr von dem vergrabenen Gegenstand zu erkennen.

Boehm spürte, wie ihm der Schweiß aus allen Poren drang. Selbst der Schaufelstiel war feucht und rutschig geworden.

Mit einem kurzen Blick vergewisserte er sich, dass er seine Arbeit gut gemacht hatte. Mit dem rechten Fuß wischte er über eine Erhebung im Sand und strich sie glatt. Als Letztes drapierte er einen kleinen Plastikeimer und eine Kinderharke über der Stelle. So sah es aus, als hätten hier noch bis vor wenigen Minuten Kinder gespielt, bevor sie zum Essen hereingerufen worden waren.

Boehm wirbelte herum und rannte zurück zum Schuppen. Er stellte die Schaufel an ihren alten Platz zurück, wobei er gegen den Deckel des Kugelgrills stieß und ihn mit einer unbeholfenen Bewegung zur Seite fegte. Scheppernd fiel er auf den Zementboden.

Boehm stieß einen leisen Fluch aus. Gerade, als er den Deckel wieder auf den Grillrost legen wollte, ertönte hinter ihm eine Stimme!

»Was um alles in der Welt machst du hier?«

Boehm wirbelte herum. Er konnte gerade noch einen heiseren Aufschrei unterdrücken.

In der Schuppentür zeichnete sich Alinas Gestalt gegen das helle Sonnenlicht ab. Er wurde sich bewusst, dass er sie anstarrte, mit weit aufgerissenen Augen und noch dazu mit geöffnetem Mund und dem dämlichen Deckel in der Hand. Aber … es hätte weitaus schlimmer kommen können.

»Ich … ich wollte nur nachsehen, ob der Grill sauber ist. Ich meine … falls wir heute Abend grillen wollen.«

»Wir haben doch vor ein paar Minuten erst besprochen, dass wir den Auflauf machen, den Sarah sich gewünscht hat.«

»Ach ja, natürlich«, entfuhr es ihm, während er den Deckel langsam auf den Grill senkte. »Entschuldige bitte.«

Er trat einen Schritt auf sie zu.

Alina bewegte sich keinen Millimeter. Sie musterte ihn.

»Ist alles in Ordnung mit dir?«

»Ja«, sagte er lächelnd. »Wieso fragst du?«

»Weil du außer Atem bist, als seist du gerannt. Du bist schweißüberströmt und, wenn ich ehrlich sein soll, nervös!«

»Unsinn«, antwortete er eine Spur zu hastig. »Ich bin überhaupt nicht nervös. Welchen Grund sollte ich haben, nervös zu sein?«

Sie sah ihn durchdringend an, ihr Blick forschte, suchte nach etwas in seinem Innern. Doch schließlich antwortete sie nur: »Die Kinder sind längst fertig. Alles wartet wieder mal nur auf dich.«

»Ich komme sofort«, sagte er und machte Anstalten, den Schuppen zu verlassen.

»Ist wirklich alles in Ordnung mit dir?«, fragte Alina, die den Weg noch immer nicht freigegeben hatte.

»Aber ja.« Boehm lachte leise und kurz. »Das siehst du doch.«

Als sie zurück ins Haus gingen, warf Boehm noch einen letzten Blick auf die Sandkiste. Er atmete erleichtert auf.

***

Später am Strand saß er auf einem Badetuch im heißen Sand und blickte gedankenverloren auf die See. Doch er sah nicht das Wasser und auch nicht die zahlreichen Menschen, die sich darin vergnügten. Er dachte daran, wie sein künftiges Leben verlaufen würde, wenn er jetzt mit Bedacht handelte.

Mit einem Mal empfand er die Sonne und die Hitze um ihn herum nicht mehr als lästig, er genoss den Zustand geradezu und schloss sogar in einem Anflug von Behaglichkeit die Augen. Er blendete die Geräusche um ihn herum aus. Das Lachen, die Rufe, das Planschen der Kinder im Wasser.

Boehm hatte sich gedanklich an einen anderen Ort entfernt. Dabei hielt er noch immer Kontakt mit der Realität: Seine rechte Hand ruhte auf dem kleinen blauen Rucksack, den er mit hierher gebracht hatte. Darin befanden sich all seine Hoffnungen. Er atmete tief durch. Es war ein gutes Gefühl.

Müdigkeit überkam ihn. Was ebenfalls nicht unangenehm war. Er streckte seine eingeölten Beine aus und nutzte ein zusammengerolltes Badetuch als Kopfkissen. So dauerte es nicht lange, bis er allmählich wegdämmerte. Davongetragen von einer Welle der ganz anderen Art.

Wie lange er in diesem Zustand verbracht hatte, wusste er nicht. Er schreckte mit einem Mal auf, als seine rechte Hand ins Leere griff.

Der Rucksack war verschwunden!

Wie ein Ertrinkender, der in all seiner Verzweiflung noch einmal an die Wasseroberfläche gerät, setzte er sich gerade auf und schnappte nach Luft. Sein Blick irrte über den Strand. Seine Augen hatten zunächst noch Mühe, sich zurechtzufinden, die unendlich vielen Konturen im diffusen Licht der Sonne zu erkennen.

Boehm kam auf die Knie und stemmte sich in die Höhe.

Vor sich im Wasser erkannte er Josse und Sarah, die sich gegenseitig einen Ball zuwarfen und keinerlei Notiz von ihm nahmen.

Der Platz neben ihm unter dem Sonnenschirm war leer.

Wo steckte Alina?

Sein Puls raste. Fieberhaft sah er sich um, schirmte dabei seine Augen gegen die allmählich tiefer stehende Sonne ab.

Plötzlich sah er sie. Etwa fünf Meter weiter, bei einer anderen Familie. Sie redeten miteinander, und Alina hielt dabei seinen Rucksack in der Hand. Schlimmer noch: Sie zog an dem Reißverschluss und begann, darin herumzukramen.

Boehm überlegte nicht, sondern spurtete aus dem Stand los. Seine nackten Füße wirbelten Sand auf, während er ächzend an Tempo gewann. Die Distanz war vergleichsweise kurz, dennoch wäre er beinahe der Länge nach hingeschlagen, als sein rechter Fuß umknickte und in ein Loch rutschte, das vermutlich eines der unzähligen Kinder am Strand vor nicht allzu langer Zeit gegraben hatte.

Ein scharfer Schmerz schoss durch sein Bein, fast bis zur Hüfte hinauf. Boehm ächzte und trieb sich selbst weiter voran.

»Was machst du da?«, schnappte er atemlos und riss Alina den Rucksack aus der Hand, bevor sie den Inhalt vollständig inspizieren konnte.

Alina zuckte zusammen und sah ihn entgeistert an. Sie blickte irritiert zu dem Platz, wo er bis eben noch in der Sonne gelegen hatte.

»Ich wollte den Leuten hier nur helfen«, stammelte sie.

Boehm verengte seine Augen zu Schlitzen. Er starrte das Ehepaar und die alte Dame an. Die Gesichter kamen ihm vage vertraut vor. Vielleicht waren sie am Morgen ebenfalls auf der Fähre gewesen.

»Helfen? Wobei?«

Der blasse Mann drängte sich nach vorne. Er trug knallbunte Bermudashorts und ein Hawaiihemd, das er bis zum Kragen zugeknöpft hatte. Seine Kopfbedeckung war eine Kappe mit extra langem Schirm, die aussah, als hätte er sie einem

Punktrichter beim Tennis abgenommen. Darunter trug er eine Sonnenbrille mit runden Gläsern.

»Landmann«, sagte er und streckte Boehm eine Hand hin. »Christian Landmann. Das da drüben ist meine Frau Susann. Die Dame unter dem Sonnenschirm ist ihre Mutter. Helga Maring.«

Boehm ignorierte die Worte und die Hand, bis Landmann sie mit einem irritierten Lächeln sinken ließ.

»Ich hatte Ihre Frau nur gefragt, ob sie uns mit ein wenig Sonnencreme aushelfen könnte. Wir haben leider eine fast leere Flasche mit an den Strand genommen. Die volle befindet sich praktischerweise in der Ferienwohnung.«

»Sonnencreme?«, stieß Boehm hervor. Sein Blick wanderte zu seiner Frau.

»Ja«, antwortete Alina mit einem leichten Kopfschütteln. »Ich hatte, kurz bevor wir losgingen, noch schnell eine Flasche in deinen Rucksack gesteckt. In meinem war kein Platz mehr, weil ich das ganze Zeug der Kinder mitschleppe.«

»Was soll denn das?«, fragte Boehm. Er war verwirrt. Sein Knöchel schmerzte höllisch und sein Puls raste noch immer. »Ich meine … ich sehe sofort nach. Einen Augenblick.«

Während er sich halb herumdrehte und an seinem Rucksack herumnestelte, spürte er Alinas misstrauischen Blick auf sich ruhen. Er musste unter allen Umständen ruhiger werden. Vielleicht war es ein Fehler gewesen, den Rucksack hierher mitzunehmen, aber ihn in der Ferienwohnung zu lassen, war ihm grundlegend falsch vorgekommen.

Seine Finger tauchten ins Innere und bekamen tatsächlich eine Plastikflasche zu fassen. Er reichte sie Alina, die ihn noch immer musterte.

Sollte sie, dachte er. Sie würde die wahren Zusammenhänge vermutlich ohnehin nie vermuten.

Sie nahm ihm die Flasche ohne ein weiteres Wort aus der Hand und reichte sie Landmann.

»Besten Dank auch. Ich bringe Ihnen die Flasche gleich wieder.«

»Lassen Sie sich gerne Zeit damit«, antwortete Alina.

Landmann nickte zum Gruß und stapfte zu den beiden Frauen zurück, die die Szene aus einiger Entfernung beobachtet hatten.

»Sag mal, was ist eigentlich los mit dir?«, fragte Alina, während sie zu ihrem Platz zurückkehrten. Boehm humpelte leicht dabei.

»Gar nichts ist mit mir los«, antwortete er.

»Du verhältst dich seltsam. Seit wir im Ferienhaus angekommen sind, bist du regelrecht verändert. Stimmt etwas nicht?«

Boehm ließ sich mit einem Ächzen auf sein Badetuch sinken und begann damit, sich seinen rechten Fußknöchel zu massieren. Der Rucksack befand sich wieder direkt neben ihm.

»Alina, bitte … es ist alles in Ordnung, okay?«

Sie schüttelte nachdenklich den Kopf. »Du hättest dich mal sehen sollen, wie du vorhin angerannt bist. Himmel, du sahst aus, als wärst du gerade dem Leibhaftigen begegnet.«

»Na ja, ich bin eben aufgewacht und sehe, wie du vor wildfremden Leuten mit meinem Rucksack herumhantierst. Da kann ich doch schon mal wissen wollen, was los ist.«

»Herrgott, du tust ja gerade so, als ob da sonst was drin wär. Es ging nur um eine beknackte Flasche Sonnencreme.«

Boehm wollte etwas erwidern, doch aus seinen Augenwinkeln heraus nahm er wahr, wie sich ein Schatten von links näherte.

Landmann tauchte auf. In seiner Hand hielt er die Flasche.

»Sorry, dass ich noch mal störe«, sagte er. »Ich bringe Ihnen die Creme zurück. Leider hat sich meine Schwiegermutter geweigert, sie zu benutzen. Weil da Benzophenon und Octocrylen enthalten sind. Sie befürchtet, dass sie den Strand heute nicht mehr lebend verlässt, wenn sie das Zeug benutzt.«

»Ach herrje«, stieß Alina aus.

Landmann breitete hilflos die Hände aus. »Was will man machen? Gegen die beiden Frauen da drüben ist kein Kraut gewachsen. Ich darf also jetzt noch mal zurücklaufen und unsere Flasche aus der Wohnung holen. Die ist ohne

Benzophenon und Octocrylen. Und ohne Weichmacher. Den ganzen Weg zurück. Und wenn ich wieder hier bin, wird es heißen, dass es allmählich Zeit zum Aufbruch ist.«

»Sie Ärmster«, sagte Alina. »Sagen Sie, sind Sie nicht auch in der Gartenstraße untergekommen? Ich könnte wetten, dass ich Sie heute schon gesehen habe.«

Landmann nickte eifrig. »Gartenstraße, ja. Ich glaube, wir wohnen direkt nebeneinander.«

»Dann sind die beiden Beamten sicher auch schon bei Ihnen gewesen?«

Boehm wurde hellhörig. Seine Massagebewegungen wurden langsamer, bis er ganz in einer vornübergebeugten Position verharrte.

»Ja, die waren auch bei uns«, antwortete Landmann. »Haben nach einem Koffer gesucht. Seltsame Geschichte. Hab mich noch gefragt, was da wohl drin ist, wenn sie gleich zwei Kommissare für die Sache abstellen.« Er lachte. »Aber wahrscheinlich sind die hier dankbar, wenn sie überhaupt mal was zu tun bekommen.«

»So wird es sein«, sagte Alina nachdenklich.

Etwas in ihrer Stimme gefiel Boehm nicht. Langsam fuhr er fort, seinen schmerzenden Fuß zu kneten.

»Also dann«, sagte Landmann, »vielen Dank noch mal. Auch wenn es leider nichts genutzt hat. Und schönen Tag noch.«

»Danke. Für Sie auch.«

Ihr Nachbar stapfte weiter, in Richtung des Aufgangs, über den man zum Kavalierpad gelangte.

Boehm ließ sich langsam wieder in den Sand sinken.

Alina sah ihn noch lange von der Seite an, ohne ein Wort zu sagen. Auch das gefiel ihm nicht. Er würde sich noch mehr in Acht nehmen müssen.

Kapitel 13

In der Gartenstraße, Hausnummer fünfzehn, Wohnung B, rauschte das Wasser der Dusche.

Lena Wulf warf einen Blick auf die nur angelehnte Tür zum Badezimmer. Sie ließ das Handy langsam sinken. Gerade hatte sie mit einem Mann telefoniert. Nadine, die Frau unter der Dusche, durfte von diesem Gespräch nichts wissen. Deshalb hatte Lena genau diesen Augenblick abgewartet.

Sie sah auf die Wanduhr im Wohnzimmer. Es war bereits weit nach achtzehn Uhr. Erst in ein paar Stunden würde es dunkel werden. Dann würde sie noch einmal das Haus verlassen müssen. Jetzt war vielleicht noch Zeit, nach einer passenden Ausrede zu suchen.

Ziellos streifte sie durch die Wohnung, als das Wasser der Dusche abgestellt wurde. Sie hörte Nadine im Bad herumhantieren.

Wenige Minuten später öffnete sich die angelehnte Tür und ihre Lebensgefährtin trat heraus. Sie trug ein frisches Shirt, das ihr nicht ganz bis zum Rand ihres Slips reichte.

»Geht es dir nach der Dusche besser?«, fragte Lena.

Nadine schniefte leise und nickte zufrieden. »Sehr viel besser. Es ist jedes Mal so, als würde man sich neben dem Schmutz auch alles mögliche andere Zeug runterwaschen.«

Schuld?, dachte Lena. Doch das sagte sie nicht laut. Sie wusste, dass ihre Partnerin mit diesem Gefühl zu kämpfen hatte, seit Jahren schon. Seit dem Zeitpunkt, an dem sie drohte, vollends auf die schiefe Bahn abzurutschen.

Ihre damalige Beziehung war zerbrochen, genauso wie sie die Bindung zu ihrem Vater gelöst hatte, die zuvor immer eine ganz besondere für Nadine gewesen war.

Das alles lag jetzt schon eine Weile zurück, Nadine hatte den Absprung geschafft, als eine der wenigen, die das von sich behaupten konnten.

Nur die Gräben waren geblieben, und sie schienen heute genauso unüberwindlich wie damals.

»Worüber denkst du nach?«, fragte Nadine. Die Dunkelhaarige wischte sich einen Tropfen Wasser aus dem Gesicht.

»Über nichts Bestimmtes«, gab Lena zurück. Sie trat einen Schritt auf ihre Lebensgefährtin zu und legte ihr die Arme auf die Schultern. »Der Besuch der Polizei hat dir ziemlich zugesetzt, hm?«

Nadine wich ihrem Blick aus, dann nickte sie.

»Ich hab gedacht, sie wären meinetwegen hier«, sagte sie leise. »Selbst, als sie das mit dem Koffer gesagt haben, hab ich gedacht, dass das nur ein Vorwand ist, um … um meine Sachen zu durchsuchen.« Nadine wandte ihren Kopf wieder in Lenas Richtung. Sie sahen sich direkt in die Augen.

»Und weißt du, was das Schlimmste daran ist? Für einen Moment hab ich sogar Angst gehabt, sie könnten in meiner Tasche etwas finden. Obwohl das doch gar nicht sein kann. Ist das nicht vollkommen bescheuert?«

»Nein, das finde ich nicht«, antwortete Lena. »Du hast immer noch ein schlechtes Gewissen. Nicht nur, was das Zeug angeht, dass du eine Zeit lang konsumiert hast. Auch in anderen Dingen.«

»Was meinst du?«

»Ich rede von deinem Vater«, antwortete Lena. »Du hast seit drei Jahren den Kontakt abgebrochen.«

»Dafür hatte ich meine Gründe«, sagte Nadine verbittert. »Wir haben uns damals ziemlich hässliche Dinge an den Kopf geworfen.«

»Die ihm sicher heute genauso leidtun wie dir.« Lena legte ihre Stirn sanft gegen die ihrer Freundin. »Ich weiß doch, wie sehr du darunter leidest. Ich meine … ich weiß, dass du dir die Schuld für alles gibst.« Lena biss sich auf die Unterlippe. Jetzt hatte sie es doch gesagt.

Nadine hielt ihrem Blick stand. »Woher willst du das wissen?«

»Ich sehe es. Ich spüre es. Du denkst, dass du in den Augen deines Vaters versagt hast. Dass du nichts taugst und ihm deswegen nicht mehr unter die Augen treten willst. Aber vielleicht ist das falsch. Vielleicht ist es nur dein Stolz, der dir das verbietet. Aus welchen Gründen auch immer.«

Nadines Blick wurde ernst. »Hey, was soll das? Was versuchst du hier gerade?« Die Dunkelhaarige löste die Umarmung und trat einen Schritt zurück.

»Ich versuche gar nichts«, antwortete Lena ernst. »Ich möchte nur, dass es dir endlich wieder gut geht. Dass du einen Neuanfang machen kannst.«

»Deswegen bin ich nicht hergekommen«, antwortete Nadine. »Wir beide wollten uns auf dieser Insel eine Auszeit nehmen. Ich habe keine Lust, hier eine Woche lang Probleme zu wälzen.«

»Das habe ich doch gar nicht behauptet«, entgegnete Lena. Sie hob abwehrend die Hände. »Ich wollte nur … aber wenn dir das zu viel ist, lass uns besser das Thema wechseln.«

Nadine Pohls Körperspannung ließ unmerklich nach. Sie atmete tief aus.

Lena wagte sich wieder ein kleines Stück näher. Sie streckte ihre Hand aus und strich Nadine über die feuchte Wange.

»Hey, ich hab es nicht böse gemeint, okay?«

»Okay.«

»Ich muss gleich noch mal kurz weg.«

Nadines Augen weiteten sich. »Wohin?«

»Zu dem kleinen Supermarkt in der Barkhausenstraße. Wir haben den Kaffee vergessen. Willst du mitkommen?«

Nadine schüttelte den Kopf. »Nein. Ich bleibe lieber noch 'ne Weile drinnen.«

»Gehen wir heute Abend noch zusammen raus? Am Flinthörn soll man die beste Aussicht haben, wenn man den Sonnenuntergang beobachten will.«

»Klar. Warum nicht?«

Lena nickte zufrieden. Sie gab Nadine einen Kuss, drehte sich um und griff nach einem Einkaufsbeutel und ihrem Portemonnaie.

Um 19:02 Uhr verließ sie das Haus.

Es gab noch etwas für sie zu erledigen. Aber das hatte nichts mit Kaffee zu tun.

***

Nebenan, im Appartement A, war Regisseur Klaus Drescher im Sitzen in die Couch eingesunken und schlief. Vor ihm auf dem kniehohen Tisch standen drei Dosen Bier – leer.

In der Essecke auf der anderen Seite des geräumigen Wohnzimmers saßen Kristin Seiler und Daniel Färber zusammen, um die Vorbereitungen des ersten Drehtages zu besprechen.

Zwischen ihnen befanden sich eine große Karte der Insel Langeoog, diverse aufgeschlagene Reiseführer und zwei aufgeklappte Laptops, in die sie beide gelegentlich blickten. Dabei ließen sie sich durch die leisen Schnarchgeräusche Dreschers nicht aus der Ruhe bringen.

Färber bedachte den Regisseur mit einem skeptischen Blick.

»Was ist?«, fragte Kristin.

»Ach, nichts. Ich habe mich nur gerade gefragt, wie man sich so gehenlassen kann. Er scheint wirklich so gar keinen Bock mehr auf seinen Job zu haben.«

Kristin warf einen Blick in die andere Zimmerecke. Dann beugte sie ihren Oberkörper leicht über den Tisch. Sie sprach leise, als sie antwortete.

»Dabei kann er froh sein, dass ihm der Sender überhaupt noch Aufträge gibt.«

»Du meinst wegen seines kleinen Problems?« Färber führte seine leere rechte Hand zum Mund und machte zwei kleine Kippbewegungen.

Sie nickte. »Hauptsächlich deswegen. Aber auch sonst scheint nicht mehr viel mit ihm los zu sein. Er hat irgendwie an Schwungkraft verloren. Als wir hier ankamen, dachte er, wir wären auf Spiekeroog gelandet.«

»Vielleicht hat er sich nur versprochen.«

»Das glaube ich nicht. Er hat es zweimal falsch gesagt. Einmal sogar zum Kapitän der Fähre. Der hielt es zum Glück für einen Scherz.«

»Unglaublich«, antwortete Färber, konnte sich aber dabei ein Grinsen nicht verkneifen. Er lehnte sich auf seinem Stuhl zurück und legte sich die flache Hand auf die Magengegend.

»Ich weiß nicht, wie es dir geht, aber ich bekomme langsam Hunger. Ich hab seit der Fähre nichts mehr gegessen.«

Kristin Seiler blickte zum Fenster, das zur Straße hinaus lag. Die Sonnenstrahlen bekamen langsam eine dunklere Einfärbung.

»Keine schlechte Idee. Ich könnte auch was Kleines vertragen.«

»Prima. Ich lad dich ein.« Der Regieassistent deutete zu dem schlafenden Mann hinüber. »Und was machen wir mit ihm? Ich fürchte, wenn er wach wird und nichts zum Futtern da ist, kriegt er gleich wieder schlechte Laune.«

»Ich schreib ihm 'ne Nachricht, dass wir kurz weg sind und ihm 'ne Currywurst mitbringen.«

»Besser gleich zwei«, antwortete Färber.

Sie brachen auf und verließen nur wenig später als Lena Wulf das Haus.

Draußen war es immer noch heiß.

***

In seinem Hotelzimmer wanderte Leon Krüger rastlos auf und ab. Sein Hirn arbeitete noch immer auf Hochtouren, seine Gedanken drehten sich immer wieder um dasselbe Thema.

Die kalte Dusche hatte weder Linderung noch neue Ideen gebracht. Im Grunde war sie nichts als reine Zeitverschwendung gewesen, denn er schwitzte nach wie vor stark. Zu allem Übel hatte er wieder in seine alte Kleidung schlüpfen müssen, da er für einen längeren Aufenthalt nicht vorbereitet war.

Im Grunde stand für ihn nur eines fest: Er konnte nicht in diesem verdammten Zimmer bleiben, in dem die Luft immer stickiger wurde. Er musste raus, unterwegs sein. Vielleicht fiel ihm draußen etwas ein.

Kurzentschlossen schnappte er sich seine Schlüsselkarte, öffnete die Zimmertür und trat auf den stillen Korridor hinaus. Es war niemand zu sehen.

Er mied den Aufzug, vor dem sich ein jüngeres Pärchen herumdrückte und wählte stattdessen die Tür zum Treppenhaus.

Dort war es angenehm kühl.

Krüger eilte die Stufen hinunter bis in das Kellergeschoss. Dort gab es eine feuerfeste Tür. Daran klebte ein großes auffälliges Schild mit der Aufschrift *Privat*.

Er rüttelte an der Klinke. Die Tür war verschlossen, was ihm einen leisen Fluch entlockte. Für einen kurzen Augenblick überlegte er, ob er sie kurzerhand aufbrechen sollte. Aber was wäre damit gewonnen? Vermutlich gar nichts, weil ein möglicher Ausgang genauso auf die Straße hinausführen würde wie der Haupteingang. Und spätestens dort würde vermutlich die rothaarige Polizistin auf ihn warten. Sie oder ihr Kollege. Krüger war fest davon überzeugt, dass der Kerl ebenfalls in seine Observierung involviert war.

Also machte er kehrt und stampfte die Stufen bis zum Erdgeschoss wieder nach oben.

Er landete in der Hotellobby. Sein erster Blick ging zur Bar hinüber, dann zu den verteilten Klubsesseln in der Lounge.

Die Kommissarin war nirgends zu sehen. Aber das musste nichts heißen.

Er sah zu dem Barkeeper hinüber. Ihre Blicke trafen sich. Der Mann nickte ihm zu. Krüger erwiderte den Gruß. Ihm kam der Gedanke, ob der Kerl sich möglicherweise von der Polizei hatte einspannen lassen. Vielleicht griff er unter seinem Tresen gerade zu seinem Handy, um die Voss zu verständigen.

Krüger traute hier mittlerweile jeder und jedem alles zu.

Er ging weiter in Richtung Ausgang. An der Tür drehte er sich noch einmal zur Bar um, doch der Angestellte war mit anderen Dingen beschäftigt.

Krüger verließ das Hotel und trat aus dem Schatten des Vordachs in die pralle Sonne. Ein Schwall heißer Luft drang ihm entgegen und hüllte ihn ein. Sofort spürte er, wie ihm der Schweiß aus allen Poren drang.

Auf der Straße herrschte kaum Betrieb. Zwei Radfahrer fuhren an Krüger vorbei. Ein Paar, das sich lautstark miteinander unterhielt. Die Frau lachte hell auf, dann entfernten sich die beiden mehr und mehr.

Von der Kommissarin oder ihrem Kollegen war nichts zu sehen. Sollten sie etwa ihre Taktik geändert haben?

Er wusste nicht, was er davon halten sollte. Wenn sie ihn nicht mehr beschatteten, konnte das bedeuten, dass der Koffer aufgetaucht war. Vielleicht … ja, vielleicht hatten sie sogar den General geschnappt.

Unsinn, dachte er. Wenn dem so wäre, hing er auf jeden Fall auch mit drin, und dann wäre schon längst jemand hier gewesen, um ihm Handschellen anzulegen. All das war aber nicht geschehen, deswegen verwarf er seine Gedanken wieder.

Es war also noch lange nicht alles verloren.

Krüger fühlte sich plötzlich deutlich erleichtert. Er grinste, als er sich wieder in Bewegung setzte.

***

Aus dem Schatten des Nachbargebäudes lösten sich nacheinander zwei Gestalten.

Gerret Kolbe sah Leon Krüger nach. Seine Silhouette war kaum mehr als ein silberfarbenes Flimmern über dem heißen Straßenbelag.

Der Kommissar drehte sich zu dem Mann mit dem Fahrrad hinter ihm um. »Also: Sie wissen Bescheid, ja? Sie haben ihn sich gut eingeprägt?«

»Sicher. Ein Blick hat genügt.«

»Sie haben das Handy dabei?«

»Natürlich.«

»Ich habe Ihnen meine Nummer unter der Taste eins abgespeichert. Sie müssen nur draufdrücken und …«

»Kolbe«, mahnte Professor Ladengast in gespielt strengem Ton. »Ich bin doch kein Knabe mehr. Ich habe schon mal ein Mobiltelefon bedient, wissen Sie.«

»Mobiltelefon sagt heute kein Mensch mehr«, entfuhr es dem Kommissar.

»Dafür wird der Begriff ja nicht automatisch falsch, oder?«

Kolbe trat ungeduldig von einem Fuß auf den anderen. Krüger war kaum noch zu sehen. Gleich würde er vermutlich an der Kreuzung in eine andere Straße einbiegen.

»Denken Sie immer daran, ihm nicht zu nah zu kommen. Er darf auf keinen Fall mitbekommen, dass jemand anderes als Rieke oder ich hinter ihm her ist.«

»Das haben Sie mir alles schon erzählt«, antwortete Ladengast und winkte ab. »Auch dass Sie sich erhoffen, dass sich Krüger zu einer Leichtsinnsaktion hinreißen lässt, wenn niemand von Ihnen in der Nähe ist. Ist das eigentlich mit Ihrer Vorgesetzten abgesprochen?«

»Nein«, sagte Kolbe absichtlich leise.

Ladengast hielt sich eine Hand hinter das dem Kommissar zugewandte Ohr. »Wie bitte?«

Kolbe deutete auf das Ende der Straße. »Sie sollten jetzt besser losfahren, Professor.«

Sein Zimmernachbar nickte und schob das Rad aus dem Schatten des Rhododendrons hinaus auf die Straße.

Ladengast blickte an sich herunter. »Verflixte Kiste!«

»Was ist denn jetzt los?«, fragte Kolbe alarmiert.

Der Professor sah ihn entgeistert an. »Ich habe meine Hosenspangen zu Hause vergessen!«

Kapitel 14

Als Felix Boehm die Tür zur Ferienwohnung C aufschloss, wehte ihm frische Zugluft entgegen. Sofort wusste er, dass hier etwas nicht in Ordnung war.

»Geh doch weiter, Papa«, quengelte Sarah, die gegen ihn gestoßen war. »Ich muss mal aufs Klo!«

»Ich geh zuerst«, meldete sich Josse von weiter hinten. »Das war abgemacht.«

»War es gar nicht! Ich muss viel dringender als du. Außerdem bin ich ein Mädchen!«

»Ach nee! Gut, dass du es erwähnst, ich hätte es sonst nicht bemerkt.«

»Seid doch mal leise!«, zischte Boehm über seine Schulter nach hinten.

»Was ist denn los?«, fragte Alina, die den alarmierten Unterton in seiner Stimme bemerkt haben musste.

»Ich weiß nicht«, antwortete Boehm. Was einer Lüge gleichkam. Irgendwo in der Wohnung musste ein Fenster offen stehen. Und wenn es jemanden in ihrer Familie gab, der Fenster und Türen beim Verlassen der Wohnung überprüft hatte, dann er.

Boehm wagte sich vorsichtig in den Flur. Die Schubladen der kleinen Kommode waren aufgerissen. Offensichtlich waren sie in ihrer Abwesenheit von jemandem durchwühlt worden.

Im Schlafzimmer herrschte das reinste Chaos. Der Inhalt ihrer Koffer lag auf dem Boden verstreut. Die Matratzen waren angehoben und umgedreht worden und lagen über Kreuz auf dem Bett.

»Ach du Schande!«

Er hörte die Stimme seiner Frau, die gerade das Badezimmer inspizierte. Es folgte ein hässliches, knirschendes Geräusch. Anscheinend war sie auf ein Schminkutensil oder etwas Ähnliches getreten.

»Krass!«, kam es aus einem der anderen Zimmer. Josse musste seine eigene Entdeckung gemacht haben.

Wie in Trance verließ Boehm das Schlafzimmer und wandelte durch den Flur ins Wohnzimmer. Hier bot sich ein ähnliches Bild. Alles war durchsucht worden, offensichtlich von jemandem, der kein langes Federlesen gemacht und der obendrein sicher in großer Eile gehandelt hatte.

Boehm spürte eine Bewegung in seinem Rücken. Als er mit einem erschrockenen Laut herumfuhr, stand Alina vor ihm.

Sie sah ihn an, sprach leise und gefasst, aber mit allem Nachdruck, zu dem sie in diesem Augenblick fähig war.

»Felix! Du wirst mir auf der Stelle erklären, was hier los ist.«

»Ich …«

»Nicht hier!«

Wortlos griff sie ihn am Arm und zog ihn mit sich. Boehm ließ es geschehen. In seinem Kopf überschlugen sich abermals die Gedanken. Natürlich hatte er eine Erklärung für all das. Der Besitzer der Juwelen musste dahintergekommen sein, wo sein Koffer geblieben war. Und er hatte alles darangesetzt, ihn zurückzuholen, wenigstens den Inhalt. Aber es war ihm nicht gelungen. Weil Boehm vorgesorgt hatte. Er spürte ein leises Gefühl des Triumphs in sich aufsteigen.

Alina eilte mit energischen Schritten durch den Flur. Sie schärfte den Kindern währenddessen ein, Ruhe zu bewahren. Sie würde sich gleich um sie kümmern.

Zuerst bugsierte sie ihren Mann ins Schlafzimmer und knallte die Tür hinter sich zu. Sicher nicht zufällig blieb sie davor stehen und nahm Boehm damit jede Möglichkeit, das Zimmer vorzeitig zu verlassen.

»Also?«, fragte sie angriffslustig.

Boehm blinzelte sie an. »Also was? Ich meine … was willst du von mir?«

»Wie ich sagte: Ich verlange eine Erklärung für die Dinge, die hier passieren.«

»Du willst wissen, wer unsere Wohnung durchwühlt hat? Ich sage es dir ehrlich: Ich habe keine Ahnung!«

Sie nickte. »Das mag sein. Aber du weißt, warum hier alles durcheinander ist. Oder was diese Leute hier gesucht haben!«

Er breitete die Hände aus. »Ich weiß wirklich n…«

»Felix, verkauf mich nicht für dumm!« Alina schleuderte ihm die Worte entgegen. Ihr Ton war hart wie Granit. »Ich weiß, dass hier irgendwas läuft. Du verhältst dich schon die ganze Zeit seltsam. Heute Nachmittag im Schuppen, dann deine seltsame Reaktion am Strand. Und jetzt das hier!«

Boehm öffnete den Mund, um etwas zu sagen, doch Aline bedeutete ihm, zu warten.

»Sieh dich doch nur mal um«, fuhr sie energisch fort. »Sieh dir an, was die Einbrecher gemacht haben. Fremde Menschen haben in unseren Sachen herumgeschnüffelt. Kannst du dir denn nicht vorstellen, dass ich Angst um unsere Kinder habe?«

Boehm lächelte nervös. »Den Kindern ist doch nichts passiert. Und das wird es auch nicht.«

Sie schüttelte fassungslos den Kopf. »Sag mal, kapierst du eigentlich gar nichts mehr? Ich will wissen, was hier vor sich geht. Du weißt es doch. Oder etwa nicht? Und lüg mich ja nicht mehr an, Felix.«

»Ja.«

»Was – ja?!«

»Ich weiß es. Oder sagen wir mal: Ich habe einen Verdacht.«

Alina presste ihre Lippen aufeinander. »Verrate mir eins: Haben diese Leute gefunden, wonach sie gesucht haben?«

»Nein.«

»Weil du es bei dir hast, richtig?«

Wieder huschte ein flüchtiges Lächeln über Boehms Gesicht. Seine Kehle fühlte sich trocken an. »Hör zu, Alina. Ich …«

»Was ist in dem Rucksack?«

Boehm zuckte leicht zusammen. »Wie kommst du jetzt auf meinen Rucksack?«

»Weil du ihn die ganze Zeit mit dir herumträgst.«

»Dafür sind die Dinger doch schließlich da.«

Sie schüttelte den Kopf. »Du gibst ihn nicht einmal jetzt aus der Hand. Also … was ist da drin? Hat es mit dem Koffer zu tun, der vermisst wird? Hast du ihn?«

Zu viele Fragen. Vor allem zu viele, die aus dem Nichts heraus wie spitze Pfeile ins Schwarze trafen.

Mit stummem Entsetzen registrierte Boehm, wie Alina einen Schritt auf ihn zu trat und ihre rechte Hand in seine Richtung ausstreckte. Unwillkürlich wich er dieselbe Distanz zurück, bis er mit einer Wade gegen den Bettkasten stieß.

»Du willst wirklich dieses alberne Spielchen spielen, oder?«, fragte Alina. »Gut, wie du willst.«

Sie drehte sich plötzlich um, steuerte auf die Tür zu und riss sie auf.

»Wo willst du hin?«, fragte er. Seine Stimme überschlug sich fast.

»Ich rufe die Polizei«, sagte sie. »Irgendjemand muss es schließlich tun.«

»Nein!«, platzte es aus ihm heraus. Und etwas leiser fügte er hinzu: »Warte …«

Alina verharrte auf der Türschwelle. Sie sah ihren Mann herausfordernd an.

Boehm setzte sich langsam in Bewegung, ging auf sie zu, blieb einen Schritt vor ihr stehen und drückte ihr wortlos den Rucksack in die Hand.

Seine Frau streckte ihre Hand danach aus. Es war eine zögernde, fast ängstliche Bewegung.

Sie zog den Reißverschluss auf und griff ins Innere. Dieses Mal drang sie bis auf den Grund vor, förderte einen der kleinen Samtbeutel zutage und schnürte ihn auf. Sie ließ den Rucksack fallen und schüttete sich den Inhalt des Beutels in die linke Handfläche.

Ein paar weiße, im hereinfallenden Abendlicht glitzernde Steine landeten dort.

Alinas Augenbrauen zogen sich zusammen, als sie in ihre Hand starrte. »Was … was um alles in der Welt ist das?«

»Wofür hältst du es denn?«, fragte Boehm zurück. Seltsamerweise fühlte er sich jetzt besser, nachdem die Wahrheit zutage getreten war.

»Sind die … sind die echt?«

»Davon gehe ich aus«, antwortete er.

Sie sah kurz von ihrer Hand auf, sah ihn an. »Was macht dich da so sicher? Du … du bist doch kein Experte für so was. Oder habe ich da etwas verpasst?«

»Ich muss kein Fachmann sein«, gab Boehm zurück. »Jedenfalls nicht, wenn man zwei Kommissare auf den Koffer ansetzt und kurz darauf unsere Wohnung nach dem Zeug durchsucht wird. Den Aufwand würde keiner betreiben, wenn die Steine nicht echt wären.«

Sie ließ ihren Blick zum Rucksack wandern. »Sind da etwa noch mehr drin?«

»Ich habe sie nicht gezählt«, antwortete er, »aber ich schätze, es sind an die zweihundert Stück. Außerdem sind da noch Perlen und ein paar andere Sachen, die zumindest ziemlich wertvoll aussehen.«

Alinas Augen weiteten sich. Ihr Gesicht bekam einen angewiderten Ausdruck. Sie schüttete die Steine zurück in den Beutel, als hätten sie sich in ihrer Hand in glühende Kohlen verwandelt.

Boehm beobachtete sie dabei. Sie ging sogar so weit, ihre linke Handfläche, vermutlich sogar unbewusst, an ihrem Hosenbein abzuwischen.

»Was hast du getan?«, presste sie hervor. »Was hast du dir bloß dabei gedacht?«

Boehm nestelte an seinen Fingern herum. »Alina …«

»Ist dir denn nicht klar, dass du uns alle in Gefahr gebracht hast?« Sie deutete auf das Chaos um sie herum. »Die Leute, die das angerichtet haben, werden wiederkommen. Sie werden vielleicht nicht mal so lange warten, bis es dunkel wird. Wir müssen hier weg.«

Boehm sah auf seine Armbanduhr. »Ich gebe zu, ich habe vielleicht einen Fehler gemacht. Wir hätten … wir hätten von der Insel verschwinden sollen. Aber ich fürchte, die letzte Fähre für heute legt in diesen Minuten ab.«

Alina schüttelte fassungslos den Kopf. »Ich kann nicht glauben, was du da redest. Du willst das ganze Zeug doch nicht etwa behalten?«

Boehm trat einen Schritt vor, fasste seine Frau sanft bei den Schultern. »Alina, überleg doch mal, was das für uns bedeutet. Diese Juwelen sind ganz sicher ein Vermögen wert. Wir müssten uns nie wieder Sorgen machen.«

»Irrtum, Felix. Mit diesem Kram werden unsere Sorgen erst so richtig anfangen. Glaubst du denn im Ernst, dass du diesen Leuten gewachsen bist?«

»Von welchen Leuten sprichst du eigentlich die ganze Zeit?«

»Ich habe nur nachgedacht«, antwortete sie, »da du ja offenbar momentan nicht dazu in der Lage bist. Jemand ist hier eingebrochen, durch die geschlossene Terrassentür. Jemand hat das Haus auf den Kopf gestellt, und das war ganz sicher nicht die Polizei. Wenn jemand eine solche Menge Juwelen verliert oder vermisst, würde er aber sicher als Erstes die Beamten einschalten. Dass diese Leute es nicht getan haben, zeigt doch, dass es sich hier um Hehlerware handelt.«

»Und wenn schon«, antwortete Boehm verkniffen. »Bis jetzt haben wir allen ein Schnippchen geschlagen. Und das werden wir auch weiter tun.«

»Das ist kein Spiel, Felix!«

Er sah sie verbissen an. »Du kannst ja gern mit den Kindern in ein Hotel ziehen, wenn du willst.«

Sie verstummte. Es war ihr anzusehen, dass sie intensiv über seinen Vorschlag nachdachte. Sie nagte an ihrer Unterlippe, was immer ein Zeichen dafür war, dass sie mit sich haderte. Schließlich musste aber auch sie wohl oder übel zu dem Schluss kommen, dass sie keine Chance mehr hatten, die letzte Fähre zu erreichen. Es sei denn, man fand jemanden, der bereit war, privat mit seinem Boot aufs Festland überzusetzen. Solche Gelegenheiten waren allerdings rar und erforderten gewisse Beziehungen, die die Boehms nicht hatten.

Alinas Blick klärte sich mit einem Mal. »Ich werde den Kindern Bescheid sagen, dass sie ihre Sachen packen sollen. Das Beste wird sein, dass ich ihnen gleich dabei helfe.« Sie streckte ihren rechten Zeigefinger in Boehms Richtung aus. »Du wirst uns in der Zeit ein Zimmer irgendwo auf der Insel auftreiben. Es ist mir ganz gleich, wie du das anstellst. In spätestens zehn Minuten sind wir jedenfalls hier weg.«

Boehm nickte. »Ich kann deine Entscheidung nachvollziehe. Und es tut mir leid, dass ich uns alle in diese Situation gebracht habe. Aber … versteh doch, dass ich das alles nur für uns tue. Für unsere Zukunft.«

Sie blickte ihn lange an, ohne etwas zu sagen. Josse und Sarah standen nebeneinander im Flur und lauschten dem Gespräch mit leicht geöffneten Mündern. Es war so still im ganzen Haus, dass sogar das leise Ticken der Küchenuhr zu hören war.

»Kümmere dich um das Zimmer!«, sagte Alina gefährlich leise, drehte sich auf dem Absatz um und verließ das Schlafzimmer.

Boehm schloss sachte hinter ihr die Tür. Er stand für einen Moment lang versonnen da. Dann kam ihm plötzlich eine Idee, und er wunderte sich, warum er nicht längst darauf gekommen war.

Er zog sein Handy aus der Brusttasche, um zu telefonieren.

Kapitel 15

Die Hitze war noch immer mörderisch. Auf den Straßen waren einige Radfahrer und ein paar verstreute Fußgänger unterwegs, die sich entweder noch einmal auf den Weg an den Strand machten oder zu einem leicht verspäteten Abendessen in ein Restaurant am Ort.

Leon Krüger konnte die Male nicht mehr zählen, die er sich entweder ganz offen oder verstohlen über die Schulter umgeblickt hatte. Es gab keine Anzeichen dafür, dass die Inselkommissare noch hinter ihm her waren.

Vor ein paar Minuten hatte ihn ein älterer Mann auf einem Fahrrad überholt, der längere Zeit hinter ihm her getrödelt hatte. Gerade als Krüger anfing, auf ihn aufmerksam zu werden, legte der Alte an Tempo zu.

Wenig später fand Krüger den Mann in ein Gespräch mit einem etwa gleichalten Pärchen vertieft. Die drei schienen sich bereits eine lange Zeit zu kennen.

Krüger achtete im Vorbeigehen genau auf die Reaktion des Mannes, doch der schien ihn überhaupt nicht zu registrieren. Er erzählte den beiden anderen offenbar gerade eine sehr anregende Anekdote über das alte, unbekannte Schiffswrack, das seit vielen Jahren am Strand vor dem Pirolatal lag und von dem man einst sogar Kanonenkugeln geborgen hatte. Krüger schnappte einige Gesprächsfetzen auf, während er seinen Weg fortsetzte. Nachdem er die Gruppe passiert hatte, drehte er sich noch einmal zu dem Alten um, doch der hatte ihm den Rücken zugekehrt und gestikulierte weiter mit beiden Händen, währen er auf die anderen einredete.

Vielleicht hatte Krüger sich in ihm getäuscht. Er musste aufpassen, dass er nicht anfing, Gespenster zu sehen oder allmählich durchzudrehen.

Die Frage blieb jedoch, und sie fraß sich bohrend immer tiefer: Wo waren die Inselkommissare?

Er kam an dem Café vorbei, das er heute Vormittag zur Flucht genutzt hatte. Es kam ihm vor, als läge das alles eine halbe Ewigkeit zurück, dabei waren seitdem gerade mal acht oder neun Stunden vergangen.

Mehrere Gäste verließen das Lokal und strömten auf die Straße hinaus. Krüger schloss sich ihnen an, da sie in dieselbe Richtung wie er unterwegs waren.

***

»Man hat ja seinerzeit sogar das Eichenholz untersucht, aus dem das Schiff gebaut wurde. Die Experten waren sich einig, dass die Fällung des Eichenbaumes in etwa um das Jahr 1798 erfolgt sein muss. Was natürlich schon eine sehr konkrete Schätzung darstellt. Falls Sie das Thema interessiert: Im Schifffahrtsmuseum gibt es eine Bildergalerie, die dem unbekannten Wrack gewidmet ist.«

Professor Ladengast nickte den beiden ihm völlig fremden Menschen lächelnd zu.

Der ältere Tourist aus dem Badischen nickte irritiert, während seine Frau unauffällig versuchte, ihn weiterzuziehen.

»Das war sehr … interessant«, sagte er. »Aber ich fürchte …«

»Was auch immer Sie sagen wollten: Ich muss jetzt los. Es war nett, mit Ihnen zu plaudern. Auf Wiedersehen!«

Ladengast packte sein Rad, richtete den Lenker und schwang sich auf den Sattel.

Das ältere Paar blickte ihm verdutzt hinterher.

»Hast du auch nur die leiseste Ahnung, wer das war?«, fragte sie.

»Nein«, antwortete er. »Aber wie ich es hasse, wenn einem solche Leute ihre ganze Lebensgeschichte servieren.«

Sie nickte und ergänzte nachdenklich: »Ich denke, dieser Mann ist sehr, sehr einsam.«

Jetzt nickte auch er. Sie sahen dem Alten auf dem Rad noch eine Weile hinterher, dann zupfte er an ihrem Ärmel.

»Komm, Waltraut, wir gehen. Seinetwegen verpassen wir jetzt noch den Sonnenuntergang.«

***

Ladengast radelte weiter. Währenddessen hatte er das Handy gezückt, das sein Zimmernachbar Kolbe ihm in die Hand gedrückt hatte. Ein nicht ganz ungefährliches Unterfangen. Zudem hatte der Professor noch immer Angst, dass seine Hosenbeine von der Fahrradkette gefressen werden könnten.

Er wählte eine der drei eingespeicherten Nummern. Bereits nach dem ersten Klingeln wurde abgehoben. Eine Stimme meldete sich.

»Achtung«, sprach Ladengast in das eingebaute Mikrofon, »der Adler befindet sich im Anflug auf das Nest. Ich wiederhole: Adler im Anflug auf das Nest. Bitte bereitmachen für Übernahme.«

Ohne eine Antwort abzuwarten, legte er auf und verstaute das Handy umständlich in der Innentasche seines Jacketts, das er trotz der enormen Abendhitze trug.

Am Café hielt er an. Er hatte lange schon keinen Cognac mehr getrunken. Jetzt war eine gute Zeit dafür.

***

Krüger näherte sich der Gartenstraße. Noch immer befand sich die kleine Gruppe von Touristen unmittelbar vor ihm. Was er als ungemein praktisch empfand, denn so fiel er weniger auf, zumal er nicht einmal einen Rucksack oder eine Tasche bei sich hatte. Er ging einfach beim besten Willen nicht als typischer Inseltourist durch.

Die Gruppe bog nach rechts ab, was ein weiterer Segen war. Vermutlich waren die Leute irgendwo in der Gartenstraße in einem der unzähligen Ferienquartiere untergekommen.

Das Haus mit der Nummer fünfzehn lag auf der linken Seite. Krüger erkannte es sofort wieder.

Er blickte nach links, nach rechts, dann nach hinten. Er sah nichts, was ihm Anlass zur Sorge gab. Sogar der Alte mit seinem Rad war verschwunden. Vermutlich hatte er einen anderen Weg eingeschlagen.

Krüger atmete tief durch. Im Augenblick erschien ihm die Lösung seines Problems so nah. Alles wirkte auf die eine oder andere Weise einfach.

Dennoch versuchte er, seinen Optimismus in geordnete Bahnen zu lenken. Es war immer noch denkbar, dass die Beamten direkt in der Gartenstraße auf ihn warteten. Bei näherer Betrachtung war diese Option sogar am wahrscheinlichsten. Dennoch verstanden die Inselkommissare anscheinend etwas von ihrer Arbeit, denn auch in der Gartenstraße war nichts von ihnen zu sehen. Ob sie sich in einem der Häuser einquartiert hatten und die Straße beobachteten? Er konnte sich kaum eine andere Möglichkeit vorstellen.

Krüger beschleunigte seine Schritte, sodass er direkten Anschluss an die Gruppe der Urlauber hatte.

Einer von ihnen bemerkte ihn im Augenwinkel und drehte sich zu ihm um.

»Unglaublich heiß heute, was?«

»Ja«, sagte Krüger mit einem Lächeln und wischte sich mit dem Handrücken über seine Stirn. »Und vergleichsweise wenig Wind.«

Der andere blickte sich um, als halte er nach dem Wind Ausschau. »Ja, da haben Sie wohl recht.«

Krüger nahm die Worte kaum wahr, denn sie passierten in diesem Augenblick das Haus mit den roten Backsteinen und den vier Eingängen.

Er zuckte leicht zusammen, als sich die Tür von Wohnung C öffnete und eine Frau mit einem großen Koffer heraustrat. Ihr folgten ein vielleicht fünfzehnjähriger Junge und ein kleineres Mädchen, bei dem es sich ganz sicher um seine Schwester handelte. Letztere zerrte eine Reisetasche hinter sich her. Der Junge trug einen großen Wanderrucksack.

Krüger verlangsamte sein Schritttempo. Die Leute da waren nicht auf dem Weg zu einem Abendausflug. Sie hatten ihre Sachen gepackt und verließen das Haus!

Was hatte das zu bedeuten?

Krüger wusste nicht, ob er sich über diese Entwicklung freuen sollte, oder ob er Grund hatte, sich zu fürchten. Irgendetwas Außerplanmäßiges musste dort passiert sein, denn er erkannte den großen Hartschalenkoffer auf den ersten Blick wieder.

Mittlerweile war er stehen geblieben. Er bückte sich, um seinen Schnürsenkel stramm zu ziehen, was natürlich nur eine Tarnung war.

Er wusste, dass es zwei große Koffer gewesen waren. Also war ganz sicher auch noch ein Mann im Spiel. Krüger wartete ab, ob er als Letzter durch die Tür kommen würde. Aber das war nicht der Fall.

Die Frau stellte sich mit ihren Kindern an die Straße. Sie schirmte ihre Augen mit der Hand ab und schien nach etwas oder jemandem Ausschau zu halten. Vielleicht hatte sie den Inselspediteur bestellt.

Ob sie das Quartier wechseln wollte? Das schien Krüger wahrscheinlich, denn um die Insel zu verlassen, war es mittlerweile zu spät. Die Tagestouristen hatten die letzte Fähre um zwanzig Uhr genommen. Wer jetzt noch auf der Insel war, gehörte entweder hierher oder hatte eine Ferienunterkunft gebucht.

Was für eine interessante Entwicklung, dachte Krüger. Doch sie verunsicherte ihn zugleich. Er glaubte nicht daran, dass die drei dort die Juwelen bei sich hatten. Die waren beim Vater, der noch immer im Haus hockte. Vielleicht zusammen mit den Inselpolizisten! Und sie hatten dafür gesorgt, die Frau mit den Kindern aus der Schusslinie zu nehmen.

Krüger stieß einen leisen Fluch aus. Er erhob sich und setzte sich langsam wieder Richtung Osten in Bewegung.

Diese seltsame Aktion beunruhigte ihn doch plötzlich mehr, als er zugeben wollte.

Er war in Gedanken. Daher bemerkte er die Frau nicht, die mit einem kleinen Bastkorb in der Hand aus dem Vogtpad heraustrat und ihm nachging.

***

Bente Franzen hatte die Nachricht des Professors empfangen. Sie fand, dass er mal wieder maßlos übertrieben hatte.

Der *Adler*, wie Ladengast den Verdächtigen bezeichnet hatte, schien ein auffälliges Interesse für die Frau und die beiden Kinder entwickelt zu haben, die gerade aus dem Haus mit der Nummer fünfzehn getreten waren.

Er hatte sich seinen rechten Schuh gebunden, allerdings empfand Bente diese Aktion irgendwie als zu auffällig.

Der Korb in ihrer Hand erzeugte bei jedem Schritt ein leises Knirschen.

So ging sie eine Weile hinter ihm her.

Der Elektrokarren des Inselspediteurs bog von der anderen Seite in die Gartenstraße ein und kam ihr entgegen.

Als er Krüger passierte, drehte dieser sich plötzlich um. Doch sein Blick galt nicht Bente, sondern dem Fahrzeug, das vor der Frau mit den Kindern hielt. Krüger schien der Vorgang hinter ihm derart zu faszinieren, dass er sie gar nicht wahrnahm. Jetzt war er sogar stehen geblieben.

Bente ging an ihm vorbei. Ihr Puls schlug schneller, als sie daran dachte, dass es sich bei Krüger um einen Kurier von Diebesgut im Wert von einer Million handelte.

Sie versuchte, dem Impuls zu widerstehen, sich umzublicken. Nach ein paar weiteren Schritten jedoch wurde sie schwach. Sie blieb stehen und drehte sich halb herum.

Krüger stand mitten auf der Straße und blickte in Richtung des Hauses, vor dem der Spediteur gerade das Gepäck der kleinen Familie auf seinen Wagen lud.

Sie packte ihren Korb und setzte ihren Weg fort. Währenddessen schielte sie auf das Display des Handys, das darin obenauf lag.

Sie musste Kolbe unbedingt von ihren Beobachtungen erzählen.

***

Christian Landmann hatte gerade das Haus mit einem prall gefüllten Müllbeutel verlassen, als sein Blick auf Frau Boehm und die beiden Kinder fiel, die an der Straße vom Inselspediteur aufgelesen wurden.

Er hielt die Papiertüte gedankenverloren umklammert, als sich aus der anderen Richtung Schritte näherten.

Landmann erkannte die junge Frau und den jungen Mann aus der Wohnung A, die offenbar irgendwie zum NDR gehörten. So ganz hatte Landmann das bei ihrer ersten kurzen Unterhaltung am späten Nachmittag nicht verstanden.

Die beiden beobachteten die Szene auf der Straße ebenfalls. Der junge Mann, Färber, trug ein in Alufolie eingewickeltes Paket auf dem Arm, aus dem es verdächtig nach Currywurst duftete.

»Was ist denn da los?«, fragte der Mann vom Sender und blickte dabei zu Landmann hinüber.

»Keine Ahnung«, antwortete der. »Sieht so aus, als würden die Boehms schon wieder abreisen.«

»Warum denn das?«, fragte Kristin. »Sie sind doch auch heute Morgen erst angekommen.«

Landmann trat an den kleinen Wall heran, der das Grundstück von der Straße trennte. Währenddessen schlugen die Türen des Elektroautos zu und das Fahrzeug setzte sich in Bewegung.

»Ich will ja nix sagen«, antwortete Landmann leise, »aber ich glaube, es hat vorhin in der *C* einen ziemlichen Zoff gegeben. Muss wohl was Ernsteres gewesen sein, wenn sie jetzt mit den beiden Kindern auszieht.«

»Herr Boehm ist dageblieben?«, fragte Färber.

Alle blickten für einen Moment zum Eingang zur Wohnung C. Dort rührte sich nichts. Die Tür blieb geschlossen.

»Sieht wohl so aus«, antwortete Landmann. Er hantierte umständlich mit dem Müllbeutel herum, dessen Schlaufen sich in seine Finger schnürten.

»Wie schade für die Familie«, sagte Kristin mit einem Schulterzucken. »Vielleicht renkt es sich ja wieder ein.«

»So schnell wohl nicht«, sagte Färber nachdenklich. »Das ist jedenfalls meine Erfahrung, wenn eine Frau schon ihre Koffer packt und damit verschwindet. Und die hier hat sogar noch die Kinder mitgenommen.«

Landmann blickte auf die Straße hinaus, dem Fahrzeug hinterher, obwohl es schon gar nicht mehr zu sehen war. Ein sehnsüchtiger Ausdruck lag auf seinem Gesicht. Dann schnupperte er demonstrativ.

»Das riecht aber verdammt gut, was Sie da haben.« Er deutete auf das Paket auf Färbers Arm. »Was ist das?«

»Die gute alte Currywurst und Pommes«, gab der junge Mann zurück.

»Rot-weiß?«

»Natürlich.«

Landmann ließ den Müllbeutel etwas tiefer sinken. »Wir grillen heute Abend. Aber bei uns gibt es nur vegane Wurst und Gemüse.«

Die beiden jungen Leute vom NDR grinsten ihren Nachbarn über den Wall hinweg an.

»Falls Sie nicht satt werden sollten:«, bemerkte Kristin, »der Imbiss an der Ecke hat noch bis zweiundzwanzig Uhr geöffnet.«

»Danke für den Tipp!« Landmann grinste zurück.

»Gern geschehen.«

Ihre Wege trennten sich.

Lena Wulf, die die Unterhaltung hinter dem Eingang von Wohnung B mitangehört hatte, drückte die geöffnete Tür leise ins Schloss.

Kapitel 16

Gerret Kolbe betätigte die rote Taste und ließ sein Handy sinken. Rieke sah ihn von der anderen Seite des Schreibtischs erwartungsvoll an. Die Inselkommissare waren nur kurz zu einer Lagebesprechung mit Gesa Brockmann in die Dienststelle zurückgekehrt, nachdem sie zuvor ihre Streifzüge über die Insel unternommen hatten.

»Gibt es etwas Neues?«, fragte die rothaarige Ostfriesin.

»Das war Bente«, antwortete Kolbe. »Sie hat da vorhin etwas Eigenartiges beobachtet. Möglicherweise gibt es eine neue Spur.«

Er berichtete ihr von Bente Franzens Schilderung der Ereignisse aus der Gartenstraße.

»Nummer fünfzehn, hm?«, fragte Rieke nachdenklich. »Eines der Häuser, die auf jeden Fall infrage kommen. Wo ist Krüger jetzt? Sie hat ihn doch nicht etwa aus den Augen verloren?«

»Keine Sorge«, antwortete ihr Kollege, »sie ist nach wie vor an ihm dran. Er ist jetzt in die Fritz-Reuter-Straße eingebogen. Es sieht so aus, als würde er den Gebäudekomplex von allen Seiten beobachten wollen.«

»Klingt tatsächlich so, als hätten wir da was aufgetan«, dachte Rieke laut.

»Vier Wohnparteien«, fuhr Kolbe fort. »Wir haben heute schon mit allen gesprochen: Die Leute vom NDR, die beiden Frauen, Familie Boehm und dieser Landmann mit seiner Schwiegermutter.«

»Eine Frau hat er auch noch«, korrigierte Rieke. »Die Frage ist: Warum verlässt Frau Boehm mit Kindern und Gepäck vorzeitig das Haus?«

»Vorzeitig ist gut«, antwortete Kolbe lachend. »Sie sind gerade mal seit ein paar Stunden auf der Insel.«

»In jedem Fall ist es ein auffälliges Ereignis. Und eine Sache, der wir nachgehen sollten, meinst du nicht?«

»Unbedingt«, antwortete Kolbe. Er nahm einen kräftigen Schluck aus seiner Wasserflasche, schraubte den Deckel zu und erhob sich.

»Auf gehts«, sagte er aufmunternd. »Gehen wir der Sache auf den Grund.«

***

Sie waren weg. Das Haus war ruhig. Nein, dachte er. Es war entsetzlich still. Noch nie hatte er das Fehlen jeglicher Geräusche als so belastend empfunden.

Boehm stand im Wohnzimmer der Ferienwohnung und blickte auf das Loch in der Terrassentür. Jemand hatte die Scheibe eingeschlagen und die Tür anschließend von innen geöffnet. Auf dem Laminat glitzerten Dutzende von Splittern in der sich allmählich herabsenkenden Abendsonne.

Ein plötzliches Geräusch riss ihn aus seinen Gedanken und erschreckte ihn, bis ihm bewusst wurde, was er da gehört hatte. Jemand hatte einen Sack Grillkohle über dem dafür vorgesehenen Rost entleert. Für kurze Zeit waren entfernte Stimmen zu hören. Irgendwo im Haus klappte eine Tür.

Dann kehrte die schwere Stille wieder zurück.

Boehm blickte auf die Couch hinter sich. Dort lagen sein Rucksack und eine leichte Jacke, die er sich überziehen würde, wenn er das Haus verließ.

Er hatte nicht vor, hierzubleiben, in der Höhle des Löwen. Er wusste, dass die anderen wiederkommen würden, um nachzuholen, was sie bisher versäumt hatten. Wenn das passierte, wollte er bereits einige Kilometer weit vom Haus entfernt sein. Vielleicht fand er irgendwo auf der Insel einen Platz zum Übernachten. Zur Not würde er sich einen ruhigen Ort in den Dünen suchen, oder eben die ganze Nacht über die Insel wandern und am Morgen die erste Fähre zum Festland hinüber nehmen. Er konnte sich weitaus Schlimmeres vorstellen, als die Nacht in einem Strandkorb zu verbringen, bei annehmbaren Temperaturen und einem Meer, dessen

Wellen ihn vielleicht sogar sanft in einen leichten Schlaf wiegen würden.

Noch immer war er der festen Überzeugung, das Richtige zu tun. Vielleicht nicht für Alina und die Kinder, aber doch ganz sicher für sich. Es war eine Chance, die jemand wie er nur einmal im Leben bekam. Das Schicksal hatte ihm diesen Koffer in die Hände gespielt, und jetzt war er dabei, genau diese Chance zu ergreifen. Mit beiden Händen und bevor es jemand anderes tat. Boehm grinste verbissen, als er daran dachte. Nein, er würde das Feld keinem anderen überlassen. Er würde …

An dieser Stelle stockten seine Gedanken. Etwas war passiert oder hatte sich verändert. Sofort war Boehm hellwach. Er starrte zur Terrassentür hinüber. War da draußen ein Schatten gewesen?

Er blinzelte. Nein. Er war ganz sicher, dass da nichts gewesen war. Er hatte sich getäuscht.

Dennoch trat er vorsichtig näher an die Tür heran. Überall im Haus hatte er die Vorhänge zugezogen. Doch ausgerechnet bei der Glastür gab es nur halbdurchsichtige Gardinen, die von einer Stange bis fast auf den Fußboden reichten.

Durch die eindringende Zugluft waren sie in ständiger Bewegung gewesen. Boehm hatte sie zur Seite gezogen, weil das ewige Hin und Her ihn noch nervöser gemacht hatte.

Er trat an die Scheibe heran und blickte hinaus.

Da war die hohe Hagebuttenhecke, ein kleines Stück Rasen und …

Boehm erschrak. Sein Herz machte einen dumpfen Schlag, als würde es ihm in der nächsten Sekunde bis hinauf zur Kehle springen wollen.

Jemand hatte sich an der Sandkiste zu schaffen gemacht. Die Harke und der Eimer waren beiseite gefegt worden, und jemand hatte sich offenbar die Mühe gemacht, mit dem Eimer, den bloßen Händen oder etwas anderem in dem Sand herumzuscharren. Mit Entsetzen registrierte Boehm, dass der braune Aktenkoffer herausgezogen worden war. Jemand hatte ihn geöffnet und anschließend an den Rand der Hecke geschleudert.

Boehm wirbelte herum und hastete zur Couch zurück. Beinahe wäre er dabei über die Teppichkante gestolpert.

Er riss den Rucksack und die Jacke an sich und eilte damit in den Flur. Inzwischen raste sein Herz wie wild.

Mit rasselndem Atem stand er vor der Haustür und wagte kaum, sie zu öffnen. Was, wenn die anderen genau das von ihm erwarteten? Vielleicht hatten sie es darauf angelegt, ihn aus dem Haus zu treiben. Sie gingen vor wie das Rudel wilder Hunde, die darauf abgerichtet waren, den Fuchs aus seinem Bau zu treiben.

Boehm wischte sich den Schweiß von der Oberlippe. Er hielt seinen Rucksack mit der rechten Hand gepackt. Seine Hand verharrte kurz vor der Türklinke.

Als er von draußen ein Geräusch vernahm, zog er sie hastig zurück. Er drehte sich um und bog in die Küche ab, wo er ein Fleischermesser aus dem Holzblock nahm. Mit fahrigen Bewegungen riss er den Reißverschluss des Rucksacks auf und legte das Messer hinein. Er zog den Verschluss nur halb zu, sodass er es jederzeit leicht greifen konnte.

Er zwang sich, ruhig zu atmen. Boehm stand in der Küche und horchte in die Stille hinein. Nichts.

Ein paar Schritte zurück Richtung Flur. Hier hatte er alle möglichen Zimmer und Wege im Blick. Sobald sich etwas tat, würde er entsprechend reagieren.

Ein dunkler Schatten tauchte vor der Terrassentür auf. Ein menschlicher Umriss. Boehm machte sich nicht die Mühe, näher hinzusehen. Er sprintete los.

Dieses Mal zögerte er nicht, die Haustür aufzureißen.

Fast rechnete er damit, dass dennoch jemand versuchen würde, ihn aufzuhalten, doch draußen war niemand.

Ohne die Tür hinter sich zu schließen, jagte er auf die Straße hinaus und begann zu rennen.

***

Mit dem Fahrrad bis zur Gartenstraße dauerte es für die Inselkommissare nur wenige Minuten.

Als sie vor der Nummer fünfzehn ankamen, stand die Tür zur Wohnung C bereits offen.

Bente Franzen kam ihnen auf dem Grundstück entgegengeeilt.

»Er ist weg«, rief sie. Auf ihren Wangen zeigten sich hektische rote Flecken.

»Wer?«, platzte es aus Kolbe heraus.

»Herr Boehm! Ich sah ihn, wie er aus dem Haus rannte! Die Gartenstraße runter, Richtung Polderweg. Ich hatte keine Ahnung, was ich tun sollte. Ich hatte ja keinen Auftrag, ihn zu beschatten.«

»Was ist mit Krüger?«, fragte Rieke Voss. Sie ahnte die Antwort bereits.

»Er war eben noch auf der Fritz-Reuter-Straße unterwegs. Dann ist er plötzlich durch die Hecke gesprungen. Ich wollte euch anrufen, aber ich hatte zu viel zu tun, ihn nicht aus den Augen zu verlieren. Und ich fürchte, jetzt ist es doch passiert. Wegen Boehm.«

»Schon gut«, antwortete Kolbe. Er fing den Blick seiner Kollegin auf, der nichts Gutes verhieß.

»Das ist aber noch nicht alles«, erklärte Bente Franzen.

»Was ist denn noch?«

»Ein paar Minuten bevor Boehm Besuch von Krüger bekommen hat und ausgerissen ist, hat seine Frau mit den Kindern das Haus verlassen.«

»Wie, verlassen?«, hakte Rieke Voss nach.

»Na, so richtig verlassen, meine ich. Mit den beiden Kindern und einer Menge Gepäck. Die drei sind vom Inselspediteur abgeholt worden.« Bente Franzen deutete zur Straße hinüber.

»Aber es geht doch heute gar keine Fähre mehr«, überlegte die Kommissarin.

»Vielleicht wollten sie das Quartier wechseln«, gab Kolbe zu bedenken.

»Ohne Boehm? Der dann kurz darauf Hals über Kopf wegrennt?« Rieke blickte zur Haustür hinüber. »Ich kann mir nicht helfen, aber irgendetwas stimmt hier doch nicht. Vielleicht sollten wir doch noch mal einen Blick in die Wohnung werfen.«

Bente Franzen drehte sich aufgeregt zu den beiden Inselkommissaren um. »Braucht ihr den Professor und mich noch?«

Kolbe schüttelte den Kopf. »Nein, vorerst nicht. Es war ohnehin viel zu riskant, euch in diese Sache einzubinden. Es tut mir leid.«

Bente schüttelte energisch den Kopf. »Es war meine Schuld. Ich wusste nicht, wie ich reagieren sollte.«

Kolbe strich sanft über ihren Arm. »Geh nach Hause, Bente. Und ruf den Professor an, dass er dasselbe tun soll. Am besten ihr bleibt dort, bis diese ganze Sache vorbei ist.«

»Geht in Ordnung«, antwortete sie.

Kolbe und Voss betraten die Wohnung C zusammen. Schnell wurde klar, dass hier etwas passiert sein musste. Die Wohnung war durchwühlt worden, und dies sicher nicht von den Boehms selbst. Vielleicht hatten sie den Ort so vorgefunden und deswegen das Weite gesucht.

Rieke sprach das aus, was Kolbe in diesem Augenblick dachte: »Wieso haben sie uns nicht verständigt?«

Kolbe war im Wohnzimmer angelangt. »Vielleicht, weil hier noch ganz andere Sachen vorgefallen sind.« Er deutete auf die Glasscherben am Boden.

»Ach du Schande«, platzte es aus Rieke heraus. »Das sieht nach einem Einbruch aus.«

Kolbe trat vorsichtig über die Scherben hinweg, betrachtete die Tür näher und blickte dabei mehr zufällig nach draußen.

»Das darf doch nicht wahr sein!«, rief er.

»Was ist los?«

Kolbe deutete zur Hagebuttenhecke hinüber.

Rieke sog scharf die Luft ein. »Der Koffer! Da liegt er!«

Um keine Spuren zu zerstören, verließen die beiden Ermittler das Haus durch die Vordertür und umrundeten das Gebäude halb, um auf die Rückseite zu gelangen.

Sie traten auf den Koffer zu.

»Leer«, stellte Rieke fest. »Jemand muss die Ware umgelagert haben.«

»Jede Wette, dass es Boehm gewesen ist«, überlegte Kolbe. Er war vor dem Koffer in die Knie gegangen und inspizierte ihn vorsichtig. »Siehst du das hier? Das ist Sand. Und zwar vermutlich von der Kiste da drüben.«

Rieke folgte seinem Blick. »Du meinst, jemand hat den Koffer hier vergraben?«

»Sicher war es Boehm«, antwortete Kolbe. »Wer sonst hätte Grund gehabt, das zu tun? Krüger vielleicht, aber der hätte keine Zeit dazu gehabt.«

»Was ist mit Boehms Frau?«, fragte Rieke. »Sie könnte die Sachen bei sich haben. Vielleicht … ja, vielleicht weiß sie es nicht mal. Vielleicht hat Boehm ihr die Juwelen untergejubelt.«

»Dazu passt seine Flucht allerdings nicht. Es sei denn …«

»Es sei denn, Krüger hat den Koffer gefunden und wollte Boehm an den Kragen«, überlegte Rieke weiter.

Ihr Kollege legte seine Stirn in Falten. »Das ist alles total verzwickt. Wir müssen unbedingt rauskriegen, wohin der Spediteur Frau Boehm und die Kinder gebracht hat.«

»Das werde ich übernehmen«, erklärte Rieke. »Ich werde ihn sofort anrufen. Und dann müssen wir Boehm und Krüger finden, und zwar, bevor sie irgendwo auf der Insel übereinander herfallen.«

Kolbe nickte verbissen und stieß einen leisen Fluch aus.

Rieke hatte bereits ihr Handy hervorgeholt und wählte die Nummer des Spediteurs.

Sie hatte Glück, dass das Büro um diese Zeit noch besetzt war. Eine ältere Angestellte meldete sich, die Rieke vom Sehen kannte.

Während Rieke telefonierte, holte Kolbe sein eigenes Handy hervor und rief in der Dienststelle an. Er schilderte Enno, was hier geschehen war, und wies ihn an, herzukommen, um den Ort zu sichern und fürs Erste polizeilich zu versiegeln.

Als er aufgelegt hatte, näherte sich Rieke mit einem fragenden Gesichtsausdruck.

»Eines musst du mir mal erklären«, sagte sie ernst. »Du hast doch in den letzten Minuten nicht im Speditionsbüro angerufen, oder?«

Kolbe sah seine Kollegin irritiert an. »Nein, da wusste ich ja noch nichts von all dem hier. Wieso fragst du?«

»Weil die Mitarbeiterin mir gerade erklärt hat, ein Kommissar Kolbe hätte angerufen und gefragt, wo man Frau Boehm und die beiden Kinder abgesetzt hat.«

»Wann?«, hakte Kolbe sofort nach.

»Vor etwa einer Viertelstunde. Die Dame war sich nicht mehr ganz sicher.«

»Da hat sich jemand für mich ausgegeben«, sagte Kolbe trocken. »Und das kann nur eins bedeuten.«

»Dass der Anrufer auf dieselbe Idee gekommen ist wie wir«, fügte Rieke hinzu.

Die beiden tauschten einen ernsten Blick miteinander.

»Verdammter Mist«, fluchte Kolbe. »Die Sache fängt an, uns aus den Händen zu gleiten. Wo sind Frau Boehm und ihre Kinder jetzt?«

»Im Nordseehotel an der Hauptstraße«, kam es von Rieke zurück.

»Wir müssen sofort da hin«, entschied Kolbe und winkte seiner Kollegin, zu den Rädern zurückzukehren.

»Wir rufen das Hotel von unterwegs an. Hoffentlich ist es noch nicht zu spät!«

Kapitel 17

Während viele Inselurlauber sich um diese Zeit auf den Weg in den Westen Langeoogs machten, um den erwarteten intensiven Sonnenuntergang zu beobachten, war ein Mann in die entgegengesetzte Richtung unterwegs.

Er hastete die Willrath-Dreesen-Straße entlang, die sich wie eine gerade Schnur vom Ortskern weg, am Wasserwerk vorbei bis hin zu einem schmaleren Weg zog, einem unbewohnten Teil der Insel, der im Süden von den Salzwiesen und im Norden vom Schloppsee dominiert wurde.

Mehr als einmal war sich Boehm sicher, dass ihn jemand verfolgte. Doch jedes Mal, wenn er sich umblickte, wähnte er sich allein auf weiter Flur.

Die Sonne schickte sich bereits an, im Westen scheinbar im Meer zu versinken. Sie tat dies in einem kräftigen Orange, in das sich immer mehr rötliche Schlieren mischten.

Die Temperaturen waren auf ein halbwegs erträgliches Maß herabgesunken. Leichter Wind war aufgekommen, der über die Insel strich und für ein wenig Abkühlung sorgte.

Felix Boehm spürte von alldem nichts. Er verfluchte sich dafür, dass er nicht so umsichtig gewesen war, eine Flasche Wasser in den Rucksack zu stecken.

Jetzt war es dafür zu spät. Ein quälender Durst machte sich in seiner trockenen Kehle breit. Er erinnerte sich an ein Buch, das er in seiner Jugendzeit gelesen hatte. Dort war von gepeinigten Kreuzfahrern die Rede gewesen, denen das Wasser ausgegangen war und die ihren Weg mit weit geöffneten Mündern weiter fortgesetzt hatten, in der Hoffnung, ein Lufthauch würde sie streifen.

Boehm wollte weg von den Menschen, weil er inzwischen niemandem mehr trauen konnte. Das war ihm immerhin gelungen.

Er verließ den offiziellen Weg und stolperte durch die Dünenlandschaft bis zum Ufer des Sees.

Irgendwo hatte er gelesen, dass der Schloppsee durch Sandabbau für den Küstenschutz der Insel entstanden war. Er befand sich mitten in einem Naturschutzgebiet und nahm sich vor, mindestens so lange hierzubleiben, bis die Sonne sich wieder im Osten zeigte. Wenn ihm das gelang, hatte er es beinahe geschafft. Dann nur noch auf die rettende Fähre (auf der es eisgekühlte Getränke gab) und zurück in seinen Wagen, der am Hafen von Bensersiel auf ihn wartete. An den Zündschlüssel hatte er gottlob gedacht.

Boehm stolperte über Wurzeln und geflecht- und krautartige Bodenpflanzen, bis das Seeufer in Sichtweite geriet. Näher traute er sich momentan nicht heran. Wer wusste schon, ob sich außer ihm nicht doch noch jemand hierher verirrt hatte, aus welchen Gründen auch immer?

Er blickte sich um. In weiter Ferne war der alte Wasserturm zu erkennen. Boehm ließ sich mit einem erschöpften Laut auf den Boden sinken. Dort atmete er tief durch und versuchte, seinen noch immer rasenden Puls zu beruhigen. Seit seiner Schulzeit war er nicht mehr so lange und ausdauernd gelaufen. Er spürte bereits jetzt, wie seine Waden schreiend protestierten. Spätestens morgen früh würde er vermutlich den Muskelkater seines Lebens durchleiden. Aber wenn dies der einzige Preis war, den er jetzt noch für eine glücklichere Zukunft zu zahlen hatte, war er nur allzu gern dazu bereit.

Boehm entspannte sich nach und nach. Er spürte, wie eine nahezu verlockende Müdigkeit nach ihm griff. Seine Augenlider senkten sich immer wieder herab. Anfangs versuchte er, dagegen anzukämpfen, doch dann schlossen sie sich und sein Kopf wurde schwer.

Als ein Vogel ganz in der Nähe aus einem Gebüsch aufstieg und unter lauten Protest davonflog, schreckte Boehm auf. Ein kurzer, abgehackter Aufschrei drang aus seiner Kehle. Aus einem Reflex heraus riss er seine Arme in die Höhe.

Eine Sekunde lang glaubte er fest daran, jemanden vor sich stehen zu haben, der das Sonnenlicht verdunkelte. Eine schattenhafte Gestalt, die einen schweren Gegenstand in der Hand hielt. Bereit, damit zuzuschlagen …

Doch da war niemand. Auch nicht, als Boehm sich nach Luft japsend aufrappelte und nach allen Seiten umblickte.

Es war nur ein Vogel gewesen, weiter nichts. Die Sonne hingegen hatte sich nun fast vollständig verabschiedet. Also musste er doch wenigstens für etwa eine halbe Stunde so dagesessen und geschlafen haben.

Fast ärgerte er sich darüber, wieder wach zu sein, denn sein quälender Durst meldete sich schlagartig und gewaltig zurück. Als ihm der Gedanke kam, dass er möglicherweise verdursten könnte und dies noch dazu am Ufer eines Sees, musste er grinsen. Es hatte schon eine gewisse Tragik. Doch die Logik holte ihn gleich darauf wieder ein. Zum einen handelte es sich bei dem Schloppsee um ein Brackgewässer und verfügte also über einen entsprechenden Salzwasseranteil und zum anderen holte einen der Tod durch Verdursten so schnell nun auch wieder nicht. Was nicht bedeutete, dass es sich nicht so anfühlte, als ob.

Er verwarf diese Gedanken und sank wieder in die Gräser zurück, wo sein Hintern bereits eine kleine Mulde gebildet hatte.

Seinen Rucksack zog er näher zu sich heran, langte hinein und vergewisserte sich zum wiederholten Mal, dass die kleinen Beutel mit den Juwelen noch da waren. Er nahm das Messer heraus, legte es neben sich ins Gras und zog den Reißverschluss des Rucksacks wieder zu.

Dann nahm er das Messer und klammerte beide Hände fest um den Griff. Er würde nicht zögern, es zu benutzen, wenn die Situation es erforderte.

***

Zur selben Zeit jagte Leon Krüger im Nordseehotel die Treppe in den ersten Stock hinauf. Er riss die Tür zum Hotelflur auf, orientierte sich mit fieberhaftem Blick und wandte sich schließlich nach rechts. Das Geräusch seiner schnellen, energischen Schritte wurde von einem Teppich geschluckt.

Vor einer Tür blieb er stehen und klopfte an.

Drinnen klingelte ein Telefon.

Die Tür wurde geöffnet. Eine Frau mit strohblondem Haar sah ihn irritiert an.

»Wer sind Sie? Was w…«

Krüger riss Alina Boehm die Tür aus der Hand und versetzte ihr einen Stoß vor den Brustkasten, der sie mit einem spitzen Aufschrei zurück ins Zimmer taumeln ließ.

Krüger jagte hinterher und klappte die Tür zu. Eines der Kinder, ein Mädchen, begann zu schreien.

Krüger sah sich um wie ein wildes Tier und entdeckte einen Jungen im Bad nebenan.

»Du!«, rief er und deutete zu ihm hinüber, »sorg dafür, dass sie ruhig ist, klar?« Sein Blick irrte weiter zur Alina Boehm, die ihren Sturz abgefangen hatte und ihn aus weit aufgerissenen Augen anstarrte.

»Das gilt für jeden von euch! Wenn ihr die Ruhe bewahrt, passiert hier keinem etwas, kapiert? Machen Sie das den beiden Kindern klar!«

Alina wirbelte herum und griff sich Sarah, die zuerst in ihrem Arm zappelte, sich dann jedoch glücklicherweise schnell beruhigen ließ.

»Geht wieder da rein, schnell!«, zischte sie ihren Kindern zu und deutete auf die offene Tür zum Bad.

Josse wollte protestieren, doch eine herrische Geste seiner Mutter brachte den Jungen zum Schweigen.

Er wich Schritt für Schritt zurück.

»Bitte kümmere dich um deine Schwester«, flehte Alina leise. »Tu, was ich dir sage. Dann lässt er uns in Ruhe.«

Im Blick des Jungen sprühten hasserfüllte Funken in Richtung des Eindringlings. Dann jedoch nickte er und ließ es geschehen, dass seine Mutter die Tür zum Bad schloss.

Als sich Alina Boehm zu Krüger umdrehte, wirkte sie gefasst. Mutig und mit leicht vorgerecktem Kinn sah sie ihm entgegen.

»Was wollen Sie von uns?«

»Zuerst mal, dass Sie das Telefon klingeln lassen«, antwortete der Angesprochene.

Für einen Moment starrten sie beide den Festnetzapparat an, bis er nach weiterem zweimaligem Klingeln endlich verstummte.

Krüger atmete tief durch. Vor etwas mehr als zwanzig Minuten hatte er einen weiteren Anruf vom General erhalten. Der Fremde hatte sich nur einen Zwischenstatus abholen wollen. Für Krüger war dies die Gelegenheit gewesen, von den jüngsten Ereignissen zu berichten. Die Tatsache, dass in die Ferienwohnung der Boehms eingebrochen worden war, schien für den General keine Überraschung zu bedeuten, weswegen Krüger davon ausging, dass dieser Kerl selbst dahintersteckte.

Die Nachricht vom wieder aufgetauchten, aber dafür leeren Koffer wusste mehr zu überzeugen. Ebenso hatte Krüger berichtet, dass Boehms Frau zusammen mit den Kindern vom Inselspediteur abgeholt worden war.

Der General hatte offenbar nicht lang überlegen müssen, sondern Krüger den Auftrag erteilt, den neuen Aufenthaltsort von Alina Boehm herauszufinden. Er hatte ihm sogar den wertvollen Tipp gegeben, sich am Telefon als Inselkommissar Gerret Kolbe auszugeben. Was nicht ohne Risiko gewesen war, doch der Plan war aufgegangen.

Krüger hatte nicht umhinkönnen, den großen Unbekannten für seinen Scharfsinn zu bewundern.

Jetzt jedoch hatte Krüger keine Zeit zu verlieren. Alina Boehms Frage stand noch immer im Raum.

Krüger trat auf sie zu. »Ihr Mann! Wo steckt er?«

Alinas Augen weiteten sich unmerklich. »Ich weiß es nicht!«

»Erzählen Sie mir keinen Scheiß!«

Sie versuchte, vor ihm zurückzuweichen, doch sie stieß bereits nach einem Schritt gegen die geschlossene Tür zum Badezimmer. Nebenbei registrierte sie, dass eines der Kinder von innen abgeschlossen hatte, was ein wenig zu ihrer Beruhigung beitrug.

»Gartenstraße fünfzehn C«, antwortete sie.

»Da ist er nicht«, fuhr Krüger sie an. »Er ist abgehauen. Aber wohin?«

Sie sah ihn irritiert an. »Woher soll ich das wissen? Ich habe seitdem nicht mehr mit ihm gesprochen!«

»Wo könnte er sein?«, fragte Krüger, der sich jetzt direkt vor Alina aufgebaut hatte.

»Ich weiß es wirklich nicht. Das müssen Sie mir glauben! Ich habe keine Ahnung, wo er hin ist!«

Krüger nickte langsam. Das Telefon begann wieder zu klingeln. Er ignorierte es. Es war jetzt wichtig, sich nicht aus der Ruhe bringen zu lassen.

Der General hatte ihn vorhin in ihrer kurzen Unterhaltung auch auf diese Situation vorbereitet.

»Sie werden ihn auf seinem Handy anrufen«, entschied Krüger. »Und zwar jetzt sofort!«

Sie nickte vorsichtig. »Was soll ich ihm sagen?«

»Rufen Sie ihn erst mal an«, erklärte Krüger. »Sie haben doch garantiert Ihr Handy hier?«

Alina nickte erneut und deutete mit ihrem Kinn in Richtung des Nachtschranks neben dem Bett.

»Holen Sie es«, befahl Krüger.

Sie löste sich von der Badezimmertür. Als sie zum Bett hinüber trat, fühlten sich ihre Knie weich und nachgiebig an. Sie hatte das Gefühl, als könne sie jeden Augenblick die Besinnung verlieren. Sie atmete tief durch, griff nach dem Handy und hielt es Krüger hin.

Der schüttelte mit dem Kopf. »Rufen Sie ihn an! Na los, worauf warten Sie noch?«

»Was werden Sie mit ihm machen, wenn Sie ihn haben?«, fragte sie leise.

»Das liegt nicht allein in meiner Hand«, erklärte Krüger ungeduldig. »Aber wenn er sich kooperativ zeigt und die Steine rausrückt, wird niemandem etwas passieren. Aber uns läuft die Zeit davon! Wenn Sie Ihren Mann noch retten wollen, dann rufen Sie ihn in Dreiteufelsnamen jetzt an!«

Alina Boehm nickte mehrmals und entsperrte den Bildschirm des Geräts. Beinahe wäre es ihr aus der Hand gefallen. Sie konnte im letzten Moment noch nachfassen.

Sie wählte die Nummer ihres Mannes und wartete, bis sie das Freizeichen in der Leitung vernahm.

***

Das Geräusch eines klingelnden Handys wirkte in der abendlichen Szenerie am See vollkommen fremd und unwirklich.

Felix Boehm zuckte beim ersten Ton zusammen. Das Telefon befand sich zwar in seinem Rucksack, doch er musste das Gerät irgendwann zuvor auf volle Lautstärke eingestellt haben.

Mit ungelenken Bewegungen zog er den Rucksack heran und riss den Reißverschluss auf. Er zog sein Handy hervor.

Seine erste Intention war es, das verräterische Geräusch so schnell wie möglich abzustellen. Er hatte sich während seiner Flucht hier heraus vorgenommen, keine Anrufe auf seinem Handy entgegenzunehmen. Eigentlich hatte er es sogar ausschalten wollen, war dann jedoch offenbar wieder von diesem Gedanken abgekommen.

Er starrte auf das hell erleuchtete Display und las dort den Namen seiner Frau.

Alina!, dachte er. Was könnte sie jetzt noch von ihm wollen?

Er schaltete das Gerät auf stumm. Jetzt vibrierte es nur noch sachte in seiner Hand.

Noch immer blickte er in das viel zu grelle Licht und wusste für einen Augenblick nichts anderes zu tun, als das Gerät weiterklingeln zu lassen, bis es schließlich verstummte.

Boehm atmete erleichtert auf.

***

»Er geht nicht ran«, erklärte Alina Boehm in verzweifeltem Ton. Sie sah den Mann in ihrem Hotelzimmer hilfesuchend an.

Krüger trat von einem Bein auf das andere. Die Dinge liefen doch nicht ganz so, wie der geheimnisvolle *Generaal* sich das vorgestellt hatte.

»Versuchen Sie es noch mal!«, wies er sie harsch an. »Und lassen Sie es dieses Mal länger klingeln.«

Er gestikulierte wild mit den Händen.

»Na los!«

***

Boehm hielt das Handy noch immer in der Hand. Er war drauf und dran, es dieses Mal auszuschalten, spürte den Knopf dafür bereits unter seinem rechten Daumen.

Es vibrierte erneut. Wieder war es Alina.

Boehms Gedanken verselbstständigten sich. Als sie sich vor nicht einmal ganz einer Stunde getrennt hatten, war es ihm vorgekommen, als seien sie zwei Fremde, die sich nichts mehr zu sagen hatten. Er hatte seine Entscheidungen getroffen, hatte sein künftiges Leben bereits genau im Kopf.

Doch nun …

Er brachte es nicht fertig, sie zu ignorieren. Das Handy vibrierte zum sechsten, zum siebten Mal.

Eine Mücke schwirrte um sein Gesicht herum. Er schlug nach dem Insekt und verfehlte es.

Mit einer unwirschen Bewegung hob er das Handy höher und nahm die Verbindung an.

»Alina?«

»Ja«, kam es zurück. Ein Wort nur, doch er hörte heraus, dass etwas mit ihr nicht in Ordnung war. Ihre Stimme klang ängstlich, zerbrechlich.

»Was ist los?«, fragte er. Währenddessen setzte er sich im Gras kerzengerade.

Für einen Moment herrschte Stille. Er hörte regelrecht, wie seine Frau nach Worten suchte. Vielleicht, dachte er, war auch jemand bei ihr im Raum, auf den sie achten musste.

»Hier … hier ist jemand, der mit dir sprechen will«, sagte sie einen Augenblick später.

»Was soll das heißen«, fragte er. »Wer ist bei dir?«

Ein kurzes, raschelndes Geräusch. Sie übergab ihr Handy an jemand anderen.

»Jetzt hören Sie mal gut zu«, meldete sich eine harsche männliche Stimme. »Wir haben Ihre Frau und Ihre Kinder. Wenn Sie nicht wollen, dass den dreien etwas passiert, sagen Sie uns auf der Stelle, wo Sie sich jetzt gerade aufhalten.«

»Das … das kann ich nicht«, stammelte Boehm.

»Machen Sie keinen Scheiß, Mann! Noch haben Sie eine reelle Chance, mit einem blauen Auge aus dieser Sache rauszukommen. Wenn Sie jetzt nicht spuren, dann ist es damit vorbei. Sie wollen doch sicher nicht, dass Ihren Kindern etwas zustößt?«

»Nein! Natürlich nicht!«

»Dann sagen Sie mir, wo ich Sie finden kann! Wir werden die Sache unter uns regeln und keinem passiert etwas. Vorausgesetzt, Sie haben die Juwelen noch.«

»J-ja«, stammelte er, »die habe ich.«

»Also, ich frage Sie ein letztes Mal: Wo sind Sie?«

»Im … Pirolatal.« Noch nie in seinem Leben war es Boehm so schwergefallen, zwei simple Wörter auszusprechen.

»Das ist riesengroß!«, kam es sofort aus der Leitung zurück. »Wo genau sind Sie?«

»Am Schloppsee. Südufer.«

Eine kurze Pause entstand. Der andere dachte offensichtlich nach.

»In Ordnung. Hören Sie mir jetzt ganz genau zu. Gehen Sie ein Stück auf dem Weg zurück Richtung Westen, bis Sie an eine Gabelung kommen. Haben Sie verstanden?«

»Ja.«

»Biegen Sie da rechts ab. Sie folgen dem Weg, der schräg Richtung Nordosten verläuft. Sie haben dann den See auf Ihrer rechten Seite. Gehen Sie weiter, bis Sie erneut an eine Gabelung kommen. Dort halten Sie sich wieder rechts. Nach etwa zweihundert Metern kommen Sie an eine Schutzhütte. Warten Sie dort, bis Sie mich sehen. Haben Sie alles verstanden?«

»Ja. Ich habe verstanden. Was ist mit Alina und den Kindern? Welche Garantie habe ich, dass Sie Ihnen nichts antun?«

»Wir werden einen fairen Tausch durchführen«, antwortete der Anrufer. »Die Juwelen gegen Ihre Familie. Danach werden sich unsere Wege für immer trennen, und Sie werden nie wieder etwas von uns hören oder sehen. Sagen Sie mir, dass Sie damit einverstanden sind, Boehm!«

Der Angesprochene war inzwischen aufgestanden. In der linken Hand hielt er sein Handy, das er sich so fest ans Ohr presste, dass er die Wärme deutlich spürte, die das Display ausstrahlte. Boehms freie rechte Hand schloss sich fest um den Griff des Küchenmessers.

»Ja«, antwortete er. »Ich werde bei der Hütte auf Sie warten!«

Kapitel 18

Die Inselkommissare stürmten das Treppenhaus hinauf. Hinter ihnen versuchte ein entsetzter Hotelangestellter verzweifelt, mit ihnen Schritt zu halten.

Nur wenige Sekunden später befanden sie sich vor der Zimmertür, hinter der sie Alina Boehm und die Kinder vermuteten.

»Machen Sie auf, schnell!«, wies Gerret Kolbe den atemlosen Angestellten an. Der Mann nickte und führte mit zitternder Hand die Schlüsselkarte durch das Lesegerät.

Ein grünes Lämpchen blinkte auf, ein leises Schnarren ertönte, und die Tür ließ sich nach innen aufdrücken.

Die Inselkommissare hatten ihre Dienstwaffen gezogen und bewegten sich vorsichtig in das Hotelzimmer hinein.

»Frau Boehm?«, rief Rieke.

Niemand antwortete. In dem Dreibettzimmer hielt sich niemand auf, doch da gab es noch die Tür zum Bad, die geschlossen war.

Kolbe und Voss nickten sich zu.

Die Ostfriesin trat vorsichtig an die Tür heran und klopfte. »Frau Boehm? Sind Sie da drinnen? Hier ist Kommissarin Voss von der Inselpolizei.«

Wieder antwortete niemand. Dennoch waren sich die Beamten sicher, hinter der Tür ein raschelndes Geräusch gehört zu haben.

»Frau Boehm, ich komme jetzt rein«, rief Rieke mit fester Stimme. Sie drückte die Klinke herunter, doch die Tür bewegte sich nicht.

»Soll ich öffnen?«, fragte der Hotelangestellte, der sich im Hintergrund aufhielt.

Rieke schüttelte den Kopf. »Warten Sie einen Augenblick.«

Sie klopfte erneut. »Josse? Sarah? Seid ihr da drinnen?«

Wieder ein Rascheln. Hinter der Tür war jemand.

»Was ist mit unserer Mutter?« Die Stimme des Jungen.

Rieke atmete innerlich erleichtert auf.

»Das wissen wir im Moment nicht«, antwortete sie. »Ist jemand bei euch da drinnen?«

»Nein.«

»Ich muss mit euch darüber sprechen, was hier passiert ist«, erklärte die Kommissarin ruhig. »Umso eher können wir euren Eltern helfen. Bitte mach die Tür auf, Josse. Es wird euch nichts passieren.«

Es dauerte ein paar weitere Sekunden, dann drehte sich der Schlüssel im Schloss. Die Tür wurde zögernd geöffnet und gab den Blick frei auf den jungen Josse, der sich schützend über seine verängstigte Schwester beugte.

Rieke steckte sofort ihre Waffe weg und redete in beruhigendem Tonfall auf die beiden ein.

Mit seinen Worten erklärte Josse schließlich, was geschehen war. Rieke nickte mehrfach, stellte kurze Rückfragen und ließ den Jungen dann weitererzählen.

Was er zu berichten wusste, ergab ein beunruhigend konkretes Bild dessen, was sich vor wenigen Minuten erst in diesem Zimmer abgespielt hatte.

Die Kommissarin zog ihr Handy hervor und zeigte den Kindern das Foto von Leon Krüger.

»War es dieser Mann hier?«

Josse nickte.

»Bist du dir sicher?«, hakte die Kommissarin vorsichtshalber nach.

»Ja, ganz sicher. Das ist er.«

Sarah Boehm wagte sich hinter der wesentlich breiteren Schulter ihres älteren Bruders hervor, warf einen scheuen Blick auf das Handydisplay und nickte.

»Sehr gut«, antwortete Rieke und sah die beiden Kinder mit einem Lächeln an. »Ich danke euch. Noch eine letzte Frage, dann habt ihr es geschafft. Habt ihr mitbekommen, was dieser Krüger mit eurer Mutter besprochen hat? Oder was er am Telefon gesagt hat?«

»Nein«, sagte Josse. Dann schien ihm allerdings noch etwas einzufallen, der Ausdruck in seinem Gesicht veränderte sich. »Einen Moment! Ich glaube, dass er etwas von einem See gesagt hat. Aber durch die Tür war es nicht genau zu verstehen. Es hörte sich an wie Schlock oder Schlott …«

»Der Schloppsee?«, hakte Rieke nach.

Josse nickte. »Ja, ich glaube, so hat er ihn genannt. Und es ging um ein Treffen, da bin ich sicher.«

Gerret Kolbe trat einen Schritt vor. »Hat Krüger vielleicht eine Uhrzeit genannt?«

Josse dachte nach, dann schüttelte er den Kopf. »Ich glaube nicht, aber ich weiß es nicht genau. Es war nicht alles zu verstehen. Dann fing Sarah an zu heulen und ich …«

»Hab ich gar nicht!«, platzte ihm seine Schwester dazwischen.

Rieke lächelte und strich dem Mädchen über den Kopf. »Schon gut. Ihr beide habt das alles großartig gemacht.« Sie wandte sich wieder an den Jungen.

»Du sagst, eure Mutter hat noch etwas zu euch gesagt, bevor sie mit Krüger mitging?«

Josse zuckte mit den Schultern. »Nur, dass sie bald wieder da sein wird und dass wir uns keine Sorgen machen sollen. Dass alles wieder in Ordnung kommt. Und dass … dass …«

»Dass ihr mit niemandem sprechen sollt?«, half Rieke aus.

»Ja«, antwortete er mit gesenktem Blick. »Deswegen haben wir nicht gleich die Tür aufgemacht. Wir wollten doch nicht, dass Mama etwas passiert.«

Rieke legte dem Jungen sanft eine Hand auf die Schulter. »Ihr beide habt alles richtig gemacht. Mein Kollege und ich müssen jetzt sofort los, aber Herr …« Sie drehte sich zu dem Hotelangestellten herum und sah ihn auffordernd an.

Der Mann trat einen Schritt vor. »Hübner. Thomas Hübner.«

»Herr Hübner wird sich um euch kümmern, bis wir wieder da sind.«

Der Angestellte nickte. »Wir haben eine Kollegin, die … die … ich werde mich sofort darum kümmern.«

Rieke erhob sich. Sie erkannte, dass Kolbe bereits zum Aufbruch drängte. Ihnen lief die Zeit davon.

Sie verabschiedete sich von den Boehm-Kindern.

Sarah wagte sich am Ende hinter ihrem Bruder hervor. Sie sah die Kommissarin aus großen, feucht glänzenden Augen an.

»Bringst du uns unsere Mama zurück?«

***

Im Dunkel der hereinbrechenden Nacht hätte man die beiden Lichter auf der Straße ohne Weiteres für die Scheinwerfer eines Wagens halten können. Dabei handelte es sich um zwei Fahrräder, die in schnellem Tempo nebeneinander herfuhren.

Sie hatten den Schießverein und den Sportplatz bereits hinter sich gelassen. Die Straße war dunkel und einsam, nichts rührte sich.

Die Fahrräder hatte Krüger aus einem Unterstand neben dem Hotel entwendet und dabei Alina Boehm gezwungen, vorauszufahren. Es bedeutete ein heikles Unterfangen, doch Krüger setzte darauf, dass der Frau das Schicksal ihres Mannes heilig war.

Der Plan war aufgegangen. Sie befanden sich jetzt auf der lang gezogenen Willrath-Dreesen-Straße, die östlich Richtung Inselmitte führte.

Die beiden sprachen kein Wort miteinander, selbst jetzt nicht, wo sie sich ihrem Ziel immer weiter näherten. Von Zeit zu Zeit war nur Alinas leises Ächzen zu hören, als sie in die Pedale trat.

Angenehm kühler Nachtwind umschmeichelte ihre Stirn und trocknete den Schweißfilm darauf. Was sie an der Hütte oberhalb des Sees erwarten mochte, wusste sie nicht. Sie konnte lediglich hoffen, dass alles irgendwie noch gut ausgehen würde …

***

Um ihn herum waren kaum Geräusche zu vernehmen. Lediglich das leise Tappen seiner Schritte auf dem Straßenbelag und das Zirpen der Grillen im niedrigen Dünenbewuchs waren zu hören.

Felix Boehm schaltete von Zeit zu Zeit das Taschenlampenlicht seines Handys an, um sich zu orientieren. Für die nächsten zehn bis fünfzehn Minuten würde er nichts weiter tun müssen, als dem Pfad zu folgen, der schnurgerade durch das Pirolatal führte.

Das Westufer des Schloppsees lag auf seiner rechten Seite. Als er kurz erneut das Licht einschaltete, sah er die Wasseroberfläche schwarz in der Dunkelheit schimmern.

Boehm trug seinen Rucksack lose über der rechten Schulter. Das Küchenmesser hatte er sich kurzerhand unter seinen Hosengürtel geschoben.

Seine Schritte waren zielstrebig und folgten schnell aufeinander. Boehm hatte keine Zeit zu verlieren. Er wollte unbedingt vor dem anderen bei der Schutzhütte eintreffen. Er wertete dies als kleinen Vorteil für sich.

Irgendwo rief ein Nachtvogel einen klagenden Laut über die nächtliche Szenerie. Boehm hörte Flügelschlagen, das sich jedoch schnell Richtung Osten entfernte. Vielleicht waren es seine Schritte gewesen, die das Tier aufgeschreckt hatten.

Nicht mehr lange, dachte er, dann würde diese Nacht enden und der Spuk war vorbei.

Er schaltete das Licht seines Handys aus, um den Akku zu schonen. In der Ferne war das leise Rauschen der Nordsee zu hören.

Nicht mehr lange, dachte Boehm. Nicht mehr lange …

***

Die Inselkommissare gelangten mit ihren Fahrrädern auf einen Feldweg, der quer durch die Wiesen und Äcker der Insel führte und eine Abkürzung darstellte, die sie schneller vom Ortskern aus Richtung Ostende führen würde.

Doch bis dahin war es noch ein langer Weg, und sie wussten, dass Krüger einen zeitlichen Vorsprung von mindestens zwanzig Minuten hatte. Ihre einzige Hoffnung war, dass sich Alina Boehm als ein Hindernis erweisen würde.

»Was glaubst du, warum er sie mitgenommen hat?«, fragte Rieke in die Stille hinein.

Kolbe, der dicht neben ihr fuhr, wusste sofort, wer gemeint war. »Er konnte nicht riskieren, sie bei ihren Kindern im Hotel zu lassen. Er musste damit rechnen, dass sie die Polizei ruft, sobald er das Zimmer verlassen hat. Er konnte zu dem Zeitpunkt ja noch nicht wissen, dass wir ihm bereits auf den Fersen sind.«

»Und er hat mit Alina ein wertvolles Druckmittel gegen ihren Mann«, fügte Rieke hinzu.

Sie beide trieben sich gegenseitig zu einem immer schnelleren Tempo an. Der Ortskern von Langeoog lag inzwischen weit hinter ihnen. Aus der Ferne schimmerten nur noch ein paar vereinzelte Lichter durch die Nacht.

Vor ihnen hingegen lauerte die Dunkelheit.

Und darin möglicherweise etwas weitaus Schlimmeres …

***

Die Schutzhütte tauchte als schwarzes Viereck in der Finsternis vor ihm auf. Boehm hätte sein Ziel beinahe verfehlt, wäre glatt daran vorbeigegangen, wenn er nicht noch einmal zu seinem Handy gegriffen hätte.

Abrupt blieb er stehen und leuchtete mit der Lampe in den nach Süden geöffneten Holzverschlag hinein. Kaltes, weißes Licht wanderte über die verwitterten Holzbretter.

Für einen schrecklichen Augenblick befürchtete Boehm, das Rennen verloren zu haben und nicht mehr allein zu sein. Doch der Eindruck täuschte. Niemand hielt sich in der Hütte verborgen, wovon er sich gewissenhaft überzeugte. Er umrundete den kleinen Unterstand sogar, um vollkommen sicherzugehen. Dann betrat er die Hütte und ließ seinen Rucksack auf einem Brett, das als Sitzbank diente, niedersinken.

Im Augenblick erfüllte ihn eine beinahe unerklärliche Ruhe. Er stand im Dunkeln und wartete ab. Sein Atem ging leise und regelmäßig. Boehm blieb nichts anderes zu tun, als abzuwarten, bis sich jemand näherte.

Das würde vermutlich aus derselben Richtung geschehen, aus der er ebenfalls gekommen war. Aber das spielte im Grunde keine Rolle mehr für ihn. Er wusste nur, dass er den Inhalt seines Rucksacks nicht kampflos aufgeben würde.

***

Lena Wulf und Nadine Pohl hatten ihren Plan vom Nachmittag in die Tat umgesetzt und unternahmen einen langen, ausgedehnten Spaziergang über die Insel. Von der Aussichtsdüne am Pirolatal waren sie dem ausgewiesenen Wanderweg bis hinunter an den Strand gefolgt, wo sie sich Richtung Osten wandten.

Beide hatten sie ihre Taschenlampen dabei, stellten sich immer wieder in den leichten Nachtwind, der von der See her wehte, und genossen die kühle Brise, die die Hitze des Tages vergessen machte.

Besonders Nadine schien diese Auszeit und die nahezu völlige Abwesenheit von Menschen zu genießen. Immer wieder blieb sie stehen, stellte sich in den Wind und füllte ihre Lungen mit der nach Salz schmeckenden Luft.

»Du hattest recht«, sagte sie voller Überzeugung und drehte sich dabei zu Lena um. »Es war richtig, hierher zu kommen. Ich danke dir, dass du hartnäckig geblieben bist und mich am Ende doch noch überredet hast.«

Lena schenkte ihrer Partnerin ein bezauberndes Lächeln. Sie traten aufeinander zu, nahmen sich in den Arm und küssten sich in nahezu vollkommener Dunkelheit.

»Ich wollte immer nur das Beste für dich«, sagte Lena, suchte den Blick der anderen und strich ihr mit der flachen rechten Hand zärtlich über die Wange.

Nadine nickte. »Das weiß ich jetzt. Ich hab's nur erst mal kapieren müssen.« Sie lachte auf. »Du kennst doch meinen verdammten Dickschädel.«

Lena lächelte. *Ja, das stimmt*, dachte sie.

Und das ist auch der Grund, warum ich dir heute nicht die ganze Wahrheit erzählt habe.

Arm in Arm gingen sie weiter und unterhielten sich über leichtere, sorgenfreie Themen.

Lenas Gedanken wanderten jedoch immer wieder zu einem anderen Punkt. Sie allein wusste, dass sie beide in dieser Nacht noch eine Verabredung hatten.

Kapitel 19

Boehm hatte aufgehört, auf seine Armbanduhr oder auf das Display seines Handys zu sehen. Zeit spielte im Augenblick keine Rolle für ihn.

Wenn sich jemand der Schutzhütte näherte, ganz gleich aus welcher Richtung, würde er es bemerken. Er war wachsam. Vielleicht so wachsam wie noch nie zuvor in seinem Leben.

Und plötzlich tauchten aus der Dunkelheit vor ihm zwei Lichtpunkte auf. Zuerst waren sie klein, wie verirrte Glühwürmchen, doch mit nahezu jeder Sekunde veränderten sie sich. Sie kamen rasch näher, die Helligkeit der beiden Lampen wurde intensiver.

Zwei Fahrräder waren auf dem Weg hierher. Das mussten sie sein. Der Typ, der ihn angerufen hatte … und Alina.

Boehm tastete mit seiner rechten Hand an seinen hinteren Hosenbund. Der Griff des Messers fühlte sich warm und inzwischen seltsam vertraut an. Ungefähr ein Dutzend Male hatte er in den letzten Minuten danach getastet, als befürchte er, es könne sich selbstständig entfernt haben.

Er stand jetzt vor der Hütte, den Rücken an die Bretter gelehnt. Würde er rauchen, hätte er sich jetzt vielleicht eine Zigarette angesteckt und würde in aller Ruhe abwarten.

Hin und wieder würde ein kleiner roter Lichtpunkt aufglimmen, das einzige Zeichen, das seine Anwesenheit an diesem Ort verriet.

So aber stand er still da und blickte den beiden Fahrrädern entgegen, die jetzt ungefähr die Abzweigung erreicht haben mussten, die direkt auf die Hütte zu führte.

Boehm glaubte bereits, das Geräusch der Reifen auf dem sandigen Weg zu hören. Je länger es andauerte, desto sicherer war er, dass es sich um keine Einbildung handelte.

Eine Minute verging. Noch ein paar Minuten mehr. Dann hatten die beiden Radfahrer die Stelle erreicht.

Boehm schaltete das Licht seines Handys ein und richtete es auf die beiden Gestalten. Ihre Konturen wurden aus der Dunkelheit gerissen. Er erkannte Alina, die aus weit aufgerissenen Augen zu ihm herüber starrte.

Er schwenkte das Licht leicht auf den Mann an ihrer Seite, der in diesem Augenblick von seinem Rad stieg und es achtlos zu Boden warf.

Alina gab sich mehr Mühe. Sie klappte mit dem Fuß den Ständer auf und blieb reglos auf der Stelle stehen.

Der Unbekannte, der für Boehm jetzt erstmals ein Gesicht erhalten hatte, trat einen Schritt auf sie zu und packte sie grob am Arm.

Alina stieß einen überraschten Laut aus, ließ es aber zu, dass der Kerl sie ein Stück weiterzog und auf die Hütte zu bugsierte.

»Boehm?«, fragte er.

»Ich bin hier.«

»Nehmen Sie die verdammte Lampe herunter. Sie haben jetzt gesehen, dass wir hier sind. Ihrer Frau geht es gut. Und wenn Sie brav sind, wird sich daran auch nichts ändern.«

Boehm ließ das Handy in seiner Linken eine Spur tiefer sinken. Gerade so weit, dass das Gesicht des Mannes noch erkennbar war. Soweit Boehm die Lage beurteilen konnte, war der Kerl nicht bewaffnet. Aber er nahm sich vor, vorsichtig zu sein. Der erste Eindruck konnte trügen und damit schnell zu einem letzten werden.

»Wie geht es jetzt weiter?«, fragte er.

Der andere kam bis auf ein paar Schritte heran. Alina schien sich nicht zu wehren. Sie war stumm, blickte ihm nur unstet entgegen. Vielleicht war sie von ihrer eigenen Angst wie gelähmt. Unwahrscheinlich erschien es ihm nicht.

»Ich habe Ihre Frau mitgebracht«, sagte der Fremde. »Jetzt will ich die Steine sehen. Und zwar alle.«

»Vertrauen Sie mir etwa nicht?«, fragte Boehm mit ruhiger Stimme.

»Wenn Sie mich so fragen: Nein! Also kommen Sie schon. Machen Sie keine Spielchen. Öffnen Sie den Rucksack und kippen Sie den Inhalt auf dem Boden aus. Umso schneller haben wir es alle hinter uns.«

Boehm steckte das Handy in die Brusttasche seines durchgeschwitzten Hemds. Für einen Moment lang leuchtete die Lampe durch den dünnen Stoff hindurch und verlieh Boehm ein geisterhaftes Aussehen, wie er den Rucksack umdrehte und den gesamten Inhalt auf den Weg fallen ließ.

Die Flasche Sonnencreme polterte mit einem dumpfen Laut hinterher. Boehm kickte sie mit einem Tritt beiseite.

»Leuchten Sie auf den Boden!«, befahl der Kerl.

Boehm gehorchte und zog sein Handy wieder hervor.

Der andere hatte auch eines. Die Stelle am Boden wurde in weißes Licht getaucht. Die verschiedenen Beutel waren nun klar erkennbar.

»Treten Sie ein paar Schritte zurück«, wies ihn der Fremde an. »Bis an die Wand der Hütte. Machen Sie schon, Boehm! Ich habe nicht ewig Zeit!«

»Wie Sie wollen«, antwortete der Angesprochene.

Ohne seinen Blick von der Szene abzuwenden, wich er zwei Schritte zurück, dann drei, bis er die von der Tageshitze noch warme Bretterwand in seinem Rücken spürte.

Der Juwelenkurier beugte sich über die Stelle, an der die Beute verstreut lag. In der einen Hand hielt er sein Handy, mit der anderen griff er wahllos in die Beutel hinein und versuchte umständlich, einen davon aufzuschnüren.

Dabei blickte er immer wieder zu Boehm hinüber, der nach wie vor an die Schutzhütte gelehnt da stand und die Szene beobachtete.

Es dauerte vielleicht zwei Minuten, bis der Fremde überzeugt schien, dass Boehm ihn nicht gelinkt hatte.

Mit dem Handy winkte er Boehm wieder zu sich heran.

»Einpacken«, befahl er. »Und dass Sie mir ja keinen Beutel vergessen.«

Boehm setzte sich langsam in Bewegung. Bedächtig ging er in die Hocke und warf die Beutel eines nach dem anderen zurück in den Rucksack. Am Ende zog er am Reißverschluss. Ein scharfes Geräusch, das die Stille um sie herum durchdrang.

»Schieben Sie den Rucksack mit dem Fuß herüber«, wies ihn der Fremde an.

Boehms Mundwinkel zuckten, während er die Aktion ausführte. Er versetzte dem Rucksack einen Tritt, der ihn einen guten Meter auf den anderen zu katapultierte.

»Und jetzt meine Frau«, verlangte Boehm. Seine Stimme klang düster, bedrohlich. »Dir geht es doch gut, Alina? Und den Kindern auch?«

Sie hob ihren Blick leicht an. »Ja. Es geht uns allen gut. Die Kinder sind im Hotel. Ich habe ihnen gesagt …«

Der Kerl an ihrer Seite versetzte ihr einen Stoß, der sie überraschend auf Boehm zu stolpern ließ.

Der Fremde gab ein spöttisches Lachen von sich, während er beobachtete, wie Boehm sie auffing.

»Lassen Sie sich ja nicht noch mal einfallen, in meine Nähe zu kommen oder sich am Eigentum anderer zu vergreifen.«

»Ach, das sind Ihre Steine?«, fragte Boehm mit gespielter Ironie. Er schob Alina sanft beiseite. »Merkwürdig. Ich hatte nämlich angenommen, die wären gestohlen.«

Sein Gegenüber gab einen leisen, verächtlichen Laut von sich. »Sie können verdammt froh sein, dass Ihnen nicht mehr passiert ist. Die Leute, für die ich arbeite, machen nämlich mit jemand wie Ihnen für gewöhnlich kurzen Prozess.«

»Das soll mir wohl Angst einjagen, was?«, fragte Boehm.

Der andere lachte leise. »Ich würde es an Ihrer Stelle besser nicht übertreiben. Ach ja: Es lohnt auch nicht, sich meinen Namen zu merken oder sich mein Gesicht einprägen zu wollen. Das wäre in der Tat eine ausgesprochen schlechte Idee, die ich an Ihrer Stelle lieber lassen würde.«

»Ist schon klar«, antwortete Boehm. »Sonst kommen die bösen Jungs, für die Sie arbeiten, hm? Aber mal abgesehen davon kenne ich Ihren Namen sowieso nicht.«

»Krüger«, sagte Alina leise. »Ich glaube, sein Name ist Krüger.«

Irgendwo vibrierte ein auf stumm geschaltetes Handy.

Krüger zog es aus der Tasche, blickte kurz verächtlich auf das Display und warf es dann auf den Boden, wo er es mit einem gezielten Tritt unter seinem Absatz zermalmte.

»Das war Ihres«, erklärte Krüger mit Blick auf Alina. »Ich hielt es für besser, es mitzunehmen.«

Er sah das Ehepaar an und tat einen tieferen Atemzug.

»Das wäre dann wohl alles«, sagte er und schulterte den Rucksack. »Ich verabschiede mich.« Mit einem letzten Blick auf Boehm fügte er hinzu: »Sie haben mich in verfluchte Schwierigkeiten gebracht, Sie elender Mistkerl. Ich rate Ihnen gut, mir ja nicht noch mal in die Quere zu kommen.«

Damit wandte sich Krüger ab, hob sein Rad auf und richtete es nach Westen aus.

Auf diesen Augenblick hatte Boehm gewartet. Aus dem Stand jagte er los und zückte im Laufen das Messer.

Krüger, der ihm den Rücken zukehrte, war noch nicht ganz auf dem Rad, als er die Bewegung hinter sich wahrnahm.

Als ein dunkler Schatten flog Boehm heran. Die Klinge jagte durch die Luft.

Krüger machte eine kurze seitliche Bewegung und spürte, wie sich etwas ungemein Scharfes in sein rechtes Schulterblatt bohrte. Er öffnete den Mund. Ein gurgelnder Schrei drang aus seiner Kehle. Gleichzeitig kippte er nach rechts zur Seite weg und wurde halb unter seinem Rad begraben. Der Rucksack rutschte herab und fiel zu Boden.

Krüger stieß es mit dem Knie zur Seite, rappelte sich auf und wirbelte herum. Boehm stand breitbeinig vor ihm. Das Messer hielt er dabei noch immer in der Hand.

»Das war erst der Anfang, du verdammtes Schwein!«

Krüger spürte den Schmerz in seiner Schulter. Etwas Warmes tränkte sein Hemd und rann ihm den Rücken herunter.

Boehm warf einen kurzen Blick über seine Schulter.

»Lauf weg, Alina! Lauf weg!«

Es folgte ein heiserer Laut aus der Dunkelheit. Hastige Schritte entfernten sich und gerieten schnell außer Hörweite.

Krüger nutze die kurze Unaufmerksamkeit seines Gegners und sprang auf ihn zu.

Boehm wollte das Messer neu ausrichten, doch er kam nicht mehr dazu. Der Aufprall der Männer riss sie beide von den Beinen. Boehm stieß einen wütenden Laut aus.

Krüger schlug blindlings zu. Seine Fäuste droschen auf seinen Widersacher ein und trafen irgendwann auch Boehms Handgelenk.

Der Getroffene gab einen abgehackten Schmerzlaut von sich. Etwas fiel mit einem leisen Klirren zu Boden.

Das Messer!

Krüger keuchte aufgeregt, ließ einen Moment von Boehm ab und tastete in der Dunkelheit umher.

Er kassierte dafür einen schmerzhaften Tritt gegen seinen Rippenbogen, doch im letzten Augenblick bekam er das Messer zu fassen. Er packte es an der Klinge und schnitt sich dabei die Finger seiner rechten Hand auf.

Der Tritt katapultierte ihn einen Meter zurück. Krüger kam auf seinem Steiß auf. Der Aufprall trieb ihm die Luft aus seinen Lungen.

Stampfende Schritte näherten sich. Boehm schien jetzt alles auf eine Karte zu setzen.

Fieberhaft wendete Krüger das Messer in seiner Hand, packte es am Griff und rammte es in die Richtung, aus der er die Geräusche vernahm.

Er traf! Die Klinge drang mit einem schneidenden Geräusch in Boehms Körper.

Der folgende Aufschrei gellte über das nächtliche Tal.

Krüger hörte, wie Boehm keuchte und zurücktaumelte. Das Messer war irgendwo stecken geblieben.

Er wirbelte herum, packte den Rucksack und humpelte zu dem Fahrrad hinüber, das vor ihm im Staub lag.

Mit der linken Hand hob er es auf und hievte seinen Körper auf den Sattel. Eine Bewegung, die ihm unsagbare Schmerzen bereitete und einen großen Teil Kraft kostete.

Hinter ihm war es still geworden.

Krüger holte tief Luft, packte den Lenker mit dem gesunden Arm und trat in die Pedale.

Kapitel 20

Kolbe bremste abrupt, als plötzlich ein blasses Gesicht im Lichtkegel seiner Fahrradlampe auftauchte.

Auch Rieke Voss kam neben ihm zum Stehen.

Alina Boehm kam wankend näher. Ihr Haar hing ihr wirr in die Stirn. Als sie die beiden Beamten erblickte, entfuhr ihrer Kehle ein lang gezogenes Stöhnen.

Beinahe wäre sie gestürzt, doch Rieke Voss hatte schnell reagiert und war sofort vom Rad gestiegen. Sie stützte die halb benommene Frau.

»Was ist passiert?«, fragte die Inselkommissarin.

»Er ist plötzlich auf ihn losgegangen«, presste sie hervor. »Felix hatte plötzlich ein Messer und hat … damit auf ihn eingestochen.«

»Auf wen?«, fragte Kolbe scharf. »Auf Krüger?«

Sie blickte ihn unter Tränen an und nickte. »Ich habe Schreie gehört. Ich weiß nicht, ob die beiden noch dort sind.«

»Wo ist das passiert?«, hakte er sofort nach.

Alina deutete hinter sich, ins Dunkel hinein. »Bei dieser … dieser Hütte hinter dem See.«

»Verstanden«, antwortete der Kommissar. Er musterte die Frau im Schein seiner Fahrradlampe. »Sind Sie verletzt?«

Sie schüttelte den Kopf.

Kolbe gab ihr ein Handzeichen. »Kommen Sie, steigen Sie auf den Gepäckträger. Zeigen Sie uns die Stelle.«

***

Als das Handy in seiner Brusttasche klingelte, hielt Krüger an und kam zum Stehen. Mit blutigen Fingern zog er das Gerät aus seinem Hemd und hinterließ dabei auf dem Glas einen schmierigen Film.

»Ja?«, keuchte er.

»Ich bin es«, meldete sich die verzerrte Stimme. »Wie stehen die Dinge? Es ist gleich Mitternacht.«

»Ich habe die Steine«, antwortete Krüger ächzend. »Aber ich bin verletzt.«

»Was ist passiert?«

Er erzählte seine Geschichte. Der Anrufer zeigte sich jedoch weitestgehend unbeeindruckt davon.

»Wo sind Sie jetzt?«

Krüger blickte sich um. »Ich war bei der Schutzhütte am Schloppsee und wollte zurück auf die … die Willrath-Dreesen-Straße, aber ich muss gleich zu Beginn falsch abgebogen sein. Ich bin Richtung Westen unterwegs.«

»Hören Sie das Meer?«

»Was?!«

»Ob Sie das Meer rauschen hören!«

Krüger blickte nach rechts, wo sich eine dunkle Dünenlandschaft erhob. Tatsächlich vernahm er das Geräusch der Brandung, was er seinem Gesprächspartner mitteilte.

»Dann befinden Sie sich aller Wahrscheinlichkeit nach auf dem Pirolatalweg.«

»Und das bedeutet?«

»Fahren Sie einfach weiter geradeaus. Dann gelangen Sie automatisch in die Nähe des Friedhofs. Sie wissen, wo das ist?«

»Ja, weiß ich«, gab Krüger zurück. »Was …«

»Fahren Sie direkt hin. Warten Sie dort auf mich. Ich schätze, dass ich in zwanzig Minuten dort sein kann. Ich rufe Sie wieder an. Verhalten Sie sich bis dahin ruhig und unauffällig.«

Krüger wollte etwas erwidern, doch die Verbindung war bereits beendet. Mit einem leisen Fluch ließ er das Handy zurück in seine Brusttasche gleiten.

Verbissen stemmte er sich wieder in die Pedale.

Diese Nacht von Langeoog war ein Albtraum. Es wurde Zeit, dass sie zu Ende ging.

***

»Mit wem hast du telefoniert?«, fragte Nadine, die ein wenig atemlos, aber doch sichtlich gut gelaunt von der Wasserlinie am Strand auf ihre Freundin zugelaufen kam.

Lena steckte ihr Handy ein und schüttelte lachend den Kopf. »Mit niemandem. Ich hab nur nachgesehen, wie spät es ist.«

»Und?«

»Genau Mitternacht!«

Nadine grinste, hob ihre Arme und machte ein unheimliches Geräusch. »Geisterstunde«, schob sie mit gruseliger Stimme hinterher.

Die beiden Freundinnen setzten ihren Weg am Strand fort.

»Ist es eigentlich noch weit bis zu der Stelle, die du mir unbedingt zeigen wolltest?«, fragte Nadine.

Ein Lächeln umspielte Lenas Mundwinkel.

»Nein«, sagte sie, »wir sind in ein paar Minuten da.«

***

Der reglose Körper tauchte jäh im Schein der beiden Fahrradlampen auf. Kolbe und Voss entdeckten ihn gleichzeitig.

Er ist plötzlich auf ihn losgegangen!

Die Aussage Alina Boehms hallte noch immer in den Ohren des Kommissars nach. Kolbe versuchte, sich den unscheinbaren Felix Boehm vorzustellen, wie er Leon Krüger mit einem Messer attackierte. Dass dort vor ihnen in der Dunkelheit noch immer ein menschlicher Körper lag, verhieß nichts Gutes.

Die Inselkommissare fuhren näher heran und stiegen ab. Alina Boehm war vermutlich froh, den harten Gepäckträger verlassen zu können.

Sie richteten die Fahrradlampen so aus, dass sie die Stelle um den Körper herum weitestgehend ausleuchteten.

»Das ist nicht Krüger«, stellte Rieke Voss fest, noch ehe sie den Reglosen ganz zu Gesicht bekommen hatten.

Kolbe verstand sofort. Er beugte sich über den Mann und berührte ihn vorsichtig an der Schulter. Sofort nahm er den schweren süßlichen Geruch von Blut wahr.

Es war Felix Boehm, der da mitten auf dem Weg lag. Sein Gesicht war von Staub und feinem Sand bedeckt. Unter seinem Körper hatte sich eine Blutlache ausgebreitet.

Kolbe ging in die Hocke und suchte bei dem Reglosen nach einem Puls – vergeblich.

»Oh Gott, Felix!«, stieß Alina aus, die offenbar erst jetzt registriert hatte, was geschehen sein musste.

Rieke Voss reagierte blitzschnell und hielt die Frau am Arm fest. »Gehen Sie nicht da rüber«, sagte sie schnell, aber energisch. »Mein Kollege kümmert sich darum.«

Kolbe hob seinen Blick, sah zu den beiden Frauen hinüber und schüttelte den Kopf. »Ich fürchte, wir sind zu spät gekommen.«

Alina wollte sich losreißen, doch die Kommissarin hielt noch immer ihren Arm umklammert.

»Felix ... wie ist denn das möglich?« Sie blickte die Inselkommissare abwechselnd an. »Er hat mir doch noch zugerufen, ich solle weglaufen. Ich ... ich habe gesehen, wie er Krüger das Messer in den Rücken gerammt hat. Wie ... ich meine, wie kann es sein, dass Felix jetzt da liegt?«

Kolbe ahnte, dass sich das Blatt gewendet haben musste, doch das sagte er nicht laut. Er war dankbar, dass Rieke in dieser Situation einsprang.

»Ich weiß, das ist gerade ganz furchtbar für Sie, aber bitte versuchen Sie, sich nicht aufzuregen. Bleiben Sie ruhig.«

Alina Boehm wirkte plötzlich wie in Trance. Sie nickte mehrfach, doch es wollte ihr nicht gelingen, ihren Blick von dem Toten abzuwenden. Immerhin blieb sie auf der Stelle stehen, als Rieke Voss ihren Griff löste.

Die Kommissarin trat an Kolbe vorbei und suchte mit einer starken Taschenlampe den näheren Umkreis um die Leiche ab.

»Kolbe? Hier sind Reifenspuren im Staub. Fahrradreifen. Und etwas, das sehr nach Blut aussieht.«

Der Kommissar erhob sich und trat zu seiner Kollegin hinüber. Er erkannte sofort die kleinen dunklen Punkte im Straßenstaub. Sein Blick ging zu dem herrenlosen Fahrrad hinüber, das noch immer so dastand, wie Alina es vorhin abgestellt hatte.

»Frau Boehm?«, fragte Kolbe. »Sind Sie und Krüger beide mit Fahrrädern hierhergekommen?« Im Grunde kannte er die Antwort bereits, doch er wollte sichergehen.

Die Angesprochene nickte. »Er … Krüger hat sie vom Hotel gestohlen. Er hat mich gezwungen, mitzukommen.«

»Verstehe«, sagte Kolbe in ihre Richtung.

»Krüger ist mit dem Fahrrad in Richtung Westen unterwegs«, sagte Rieke Voss leise. »Den Spuren nach zu urteilen, hat er den Pirolatalweg genommen.« Sie griff nach ihrem Handy und wählte die Nummer der Dienststelle.

Der Anruf wurde auf Ennos Handy umgeleitet, der für diesen Abend den Bereitschaftsdienst übernommen hatte.

Rieke gab ihm schnelle Anweisungen durch. Es gab genau zwei Wege, die vom Schloppsee in den Westen der Insel führte. Der Pirolatalweg, führte in der Nähe der Küste Richtung Dünen und Friedhof. Es bestand also eine vage Möglichkeit, ihn auf genau dieser Straße zu stellen, sofern er sie nicht irgendwo unterwegs verließ.

Sie wies Enno an, auch Gesa Brockmann zu mobilisieren, die ihr Haus ebenfalls auf der Insel hatte.

Zwei Minuten später trat Rieke an Kolbes Seite. »Die beiden machen sich sofort auf den Weg. Ich habe Enno gesagt, dass Krüger mit dem Rad auf dem Pirolatalweg unterwegs und dazu möglicherweise schwer verletzt ist. Sie werden versuchen, Krüger entweder über die Aussichtsdüne oder den Friedhof abzufangen. Wenn er denn überhaupt so weit fährt.«

Kolbe nickte knapp. »Ist gut. Bleib du hier am Tatort und kümmere dich um Frau Boehm. Ich werde sehen, ob ich Krügers Spur wiederfinde.«

»Alles klar«, antwortete Rieke. Ihr Blick verriet, dass sie ihren Kollegen gerne begleitet hätte, doch auch sie wusste, dass die Umstände dagegensprachen.

Den Inselkommissaren war zudem klar geworden, dass aus der Jagd nach den Langeooger Juwelen inzwischen zusätzlich die gefährliche Suche nach einem Mörder geworden war.

Was sie nicht ahnten, war die Tatsache, dass sie alle in diesem Augenblick von einer einsamen Gestalt beobachtet wurden, die sich halb hinter der Schutzhütte versteckt hielt und jede Bewegung der Inselkommissare registrierte.

Kapitel 21

Leon Krüger trat in die Pedale, versuchte dabei, seine Schmerzen so weit es ging zu ignorieren und war nur noch von dem einen Wunsch beseelt, die verfluchten Juwelen an den *Generaal* zu übergeben, seine Kohle dafür zu kassieren und die Insel dann so schnell wie möglich zu verlassen. Zudem würde er versuchen, noch etwas Schmerzensgeld herauszuhandeln, immerhin hatte er seine Knochen für diesen Job hinhalten müssen, während der Kerl aus Holland nichts weiter tun musste, als die Hand aufzuhalten.

Krüger folgte dem Weg, der plötzlich eine Linkskurve beschrieb. Es folgte ein bewaldeter Teilabschnitt, hinter dem sich der Friedhof von Langeoog verbarg.

Er schaltete das Licht aus und fuhr die letzten Meter bis zur nächsten Abzweigung in fast vollkommener Dunkelheit. Das spärliche Licht des abnehmenden Monds reichte nicht aus, um wirklich etwas zu erkennen. Es ließ gerade mal vage Konturen erahnen. Für den Moment allerdings reichte es aus, um weiter voranzukommen, wenngleich es bedeutete, dass Krüger sein Tempo verlangsamen musste. Alles war jedoch besser, als weiter mit dem auffälligen Licht auf dieser einsamen Straße unterwegs zu sein.

Krüger fuhr mitten durch die Baumgruppe hindurch und folgte damit dem direkten Zugang zum Friedhofsgelände. Noch ehe er es ganz erreicht hatte, stieg er von seinem Rad und schob es hinter ein weit ausladendes Gebüsch.

Mit dem Rucksack in der Hand trottete er weiter.

Der *Generaal* hatte ihm nicht mitgeteilt, wo genau er ihn finden würde. Allerdings war davon auszugehen, dass der Kerl sich wieder melden würde.

Feiner Sand knirschte leise unter seinen Schuhen, als er die ersten Gräber erreichte. Die Grabsteine zeichneten sich als schwarze Flecken gegen die Dunkelheit ab.

Krüger zog sein Handy hervor und schaltete das Licht ein, um nicht irgendwo zu stolpern oder wie in einem schlechten Film kopfüber in ein frisch ausgehobenes Grab zu stürzen.

Er versuchte, sich kurz zu orientieren, um das verräterische Licht nicht länger als unbedingt nötig einsetzen zu müssen.

Er befand sich auf einem breiten Mittelweg, der durch das Gelände und geradezu auf eine Sitzbank zu führte, die in ihrem Rücken von einer halbrunden Hecke umgeben war. Dahinter schlossen sich offenbar weitere Gräber und schmalere Gänge an, die der Form der Hecke angepasst waren.

Nachdem er das Licht wieder ausgeschaltet hatte, ließ er das von Blut befleckte Handy wieder in seiner Hemdtasche verschwinden. Krüger hatte sich den Verlauf des Wegs eingeprägt und bewegte sich langsam vorwärts.

Auf dem Gelände herrschte Stille. Ein paar Grillen zirpten in den Sträuchern, durch die hin und wieder eine leichte Bö strich und die Zweige geheimnisvoll wispern ließ.

Er drehte sich einmal im Kreis und versuchte, die Dunkelheit mit seinen Blicken zu durchdringen. Ihm war, als hätte er irgendwo in seiner Nähe ein leises Rascheln gehört.

»Hallo?«, flüsterte er.

Niemand antwortete.

Krüger starrte den Mittelgang hinunter, über den er hergekommen war. Auch da war niemand. Langsam ging er rückwärts und behielt dabei den Gang vor ihm weiter im Auge.

Als sich das Rascheln direkt hinter ihm wiederholte, wirbelte er auf der Stelle herum.

Auf der Bank vor ihm hockte eine dunkle Gestalt und starrte ihn mit weit geöffneten Augen an.

Ein heiserer Aufschrei drang aus Krügers Kehle. Er nahm eine abwehrende Haltung ein und spürte, wie eine neue Welle aus Schmerz, ausgehend von seiner verletzten Schulter, durch seinen Körper strömte.

»Ich habe auf Sie gewartet, Krüger«, sagte die Person auf der Bank. Es war eine Frau, die zu ihm sprach. Eine junge Frau, wie Krüger vermutete. Die Stimme kannte er nicht, obwohl er eine Ahnung hatte, dass sie ihm auf eine bestimmte Weise vertraut sein sollte. Durch die Anrufe mit der eingesetzten Stimmmodulation.

»Sie sind also der General«, sagte Krüger ins Dunkel hinein.

Es kam keine Antwort zurück. Sie war überflüssig.

»Wir haben nicht viel Zeit«, antwortete die Frau stattdessen. »Haben Sie die Juwelen dabei?«

»Hier sind sie.«

Krüger warf ihr den Rucksack vor die Füße.

Die Person auf der Bank machte noch keine Anstalten, ihn aufzuheben.

»Was ist mit meinem Geld?«, fragte Krüger. »Und ehe Sie antworten: Ich hätte gerne ein bisschen mehr. Der verrückte Boehm wollte mir mit einem Messer den Garaus machen.«

»Was ist passiert?«, kam es von der dunklen Bank zurück.

Krüger lieferte einen kurzen, knappen Bericht ab und deutete zum Schluss auf sein blutgetränktes Hemd.

»Ich verstehe«, sagte die junge Frau. Sie erhob sich von der Bank und kam langsam näher. Sie überreichte Krüger ein Briefkuvert.

»Darin befindet sich die vereinbarte Summe für Ihren Kurierdienst. Ich bin bereit, Ihnen für Ihre Repressalien etwas extra zu zahlen, aber ich habe im Augenblick nicht mehr bei mir. Sie erhalten es innerhalb einer Woche per Post an die Hamburger Adresse.«

»Wie es aussieht, muss ich wohl darauf vertrauen«, sagte Krüger.

»Das wäre es dann also«, sagte De Generaal. »Unsere Wege trennen sich hier. Wie kommen Sie von der Insel?«

»Eigentlich hatte ich längst weg sein wollen«, gab Krüger zerknirscht zurück. »Und die Fähre kann ich mir wohl abschminken. Ich werde versuchen, einen Kumpel zu kontaktieren, damit er mich mit seinem Boot von hier wegbringt.«

»Ich wünsche Ihnen viel Glück dabei«, antwortete die junge Frau.

Krüger kam ein Gedanke. »Ihnen kann ich mich wohl nicht anschließen?«

Ein leises Lachen aus dem Halbdunkel direkt neben ihm. »Das wäre keine gute Idee. Wollen Sie etwa, dass meine Deckung auffliegt? Dann wären wir beide geliefert.«

»Schon gut«, antwortete er.

»Leben Sie wohl«, sagte sie und ging an ihm vorüber. Krüger nahm einen zarten, unaufdringlichen Duft von Parfüm wahr.

»Auf Wieders…«

»Stehen bleiben! Polizei!«

Der Ruf hallte über das stille Friedhofsgelände. Der Schein von mehreren Taschenlampen flammte auf. Lichtkegel geisterten über die Grabsteine.

Krüger hörte die Frau fluchen. Im nächsten Augenblick war sie aus seinem Blickfeld verschwunden.

Er wollte sich umdrehen und ebenfalls verschwinden, als ihn etwas Hartes an der verletzten Schulter traf. Mit einem Aufschrei taumelte er zur Seite. Der neu aufflammende Schmerz trieb ihn an den Rand der Bewusstlosigkeit. Durch einen Schleier von Tränen erkannte er die Gestalt des jungen Polizisten, der ihn an diesem Tag schon einmal überwältigt hatte.

Der rothaarige Beamte packte seine Handgelenke und legte sie in Handschellen. Wie durch einen Schleier hindurch vernahm Krüger die Worte »Sie sind festgenommen. Leisten Sie keinen Widerstand. Ich werde Sie jetzt zur Dienststelle bringen.«

Krüger stöhnte auf. Dieses Mal wusste er, dass es vorbei war.

***

Gesa Brockmann, die zuvor den Befehl über das Gelände gerufen hatte, jagte hinter der flüchtenden Person her.

Die Gestalt versuchte, sich nach rechts, in Richtung des Lale-Andersen-Hauses abzusetzen. Und sie war schnell. Zu schnell für die Hauptkommissarin, die Einsätze dieser Art schon lange nicht mehr gewohnt war.

»Stehenbleiben!«, rief sie. Ihre Stimme überschlug sich fast dabei. Der Ruf zeigte keinerlei Wirkung. Im Gegenteil, die flüchtende Person legte noch an Tempo zu und geriet außerhalb der Reichweite der Taschenlampe.

Gesa Brockmann zückte im Laufen ihre Dienstpistole und gab einen Warnschuss in die Luft ab.

Sie geriet an den Rand des Friedhofsgeländes, als sie in ihrer rechten Seite ein heftiges Stechen spürte, das sie zwang, sich langsamer zu bewegen. Die Dienststellenleiterin stieß einen atemlosen Fluch aus und ließ die Waffe sinken.

Sie hatte keine Chance. *De Generaal* war ihr entkommen!

***

Sie stolperte über ein verwildertes Gelände. Die Stimmen und die Rufe hinter ihr verstummten nach und nach.

Sie hatten Krüger geschnappt!

Aber das musste nicht gleich das Ende bedeuten. Sie war es immerhin, die die Juwelen in Händen hielt. Und Krüger? Er hatte sie nicht gekannt.

Sie hatte sich absichtlich im Dunkeln aufgehalten. Er würde nicht einmal in der Lage sein, eine halbwegs brauchbare Personenbeschreibung abzugeben.

Wenn es ihr gelang, unerkannt in das Feriendomizil auf der Insel zurückzukehren, hatte sie mehr als gute Chancen, heil aus dieser Sache herauszukommen.

Sie presste sich gegen die Rückwand eines kleinen Nebengebäudes, das zu einem Haus an der Heerenhusstraße gehörte. Hier im Schatten des Dachüberstandes würde sie abwarten, bis sich der Trubel hinter ihr gelegt hatte.

Und tatsächlich wurde es nach wenigen Minuten still. Der junge Polizist musste Krüger bereits abgeführt haben. Vermutlich hatte er mit dem Verletzten leichtes Spiel gehabt.

Noch harrte sie aus. Sie atmete flach und lauschte nach jedem Geräusch in der Nähe. In der Ferne leuchtete das Licht einer Taschenlampe auf, verschwand allerdings gleich wieder.

Sie war allein. Sie legte den Kopf in den Nacken und lächelte.

Die Nachtluft war rein und klar. Die Frau im Dunkel dachte nach. Spätestens in drei Tagen, wenn sich die Wogen hier auf der Insel wieder geglättet hatten, würde sie zurück in Amsterdam sein, um die Ware an den Mann zu bringen. Sie hatte bereits eine Reihe von konkreten Interessenten ausgemacht. Alles würde wie am Schnürchen laufen, und am Ende des Monats würde sie um eine satte Million reicher sein.

Die Juwelen von der Insel herunterzubringen, würde kein Problem darstellen. Niemand würde sie verdächtigen oder auf die Idee kommen, dass sie etwas anderes bei sich hatte als …

Ein Geräusch ganz in der Nähe ließ sie diesen Gedanken abrupt beenden.

Es hatte sich wie leise Schritte auf trockenem Gras angehört. Sofort war sie wieder hellwach. Ihre Hand tastete nach der kleinen Pistole unter ihrem Gürtel.

Plötzlich schoss eine Hand aus dem Dunkel neben ihr und packte ihr Handgelenk.

»Das würde ich an Ihrer Stelle besser nicht tun«, sagte eine feste Stimme.

Gerret Kolbe trat hervor, riss ihre Hand mit der Waffe in die Höhe und schüttelte sie einmal kurz, aber kräftig.

Die Pistole fiel mit einem klappernden Geräusch zu Boden.

»Guten Abend, Frau Seiler«, sagte der Kommissar mit einem verbissenen Grinsen.

Die Frau vom NDR riss ihre Augen auf und starrte den Polizisten wütend an. Sie versuchte, sich aus seinem Griff zu befreien, doch Kolbe ließ ihr keine Chance dazu. Er packte nur umso fester zu.

»Woher wussten Sie, wo Sie mich finden?«, presste sie hervor.

»Ich war auf dem Weg hierher«, antwortete Kolbe. »Meine Chefin hat mich per Funk zu diesem Gelände gelotst. Ich kam gerade hier an, als Krüger geschnappt wurde. Und dann sah ich, wie Sie versuchten, sich vom Friedhof zu entfernen. Ich bin Ihnen gefolgt und habe auf den richtigen Moment gewartet. Das ist alles.«

»Sie können mir nichts«, sagte Kristin.

Kolbe lächelte matt. »Sie erlauben, dass ich das anders sehe? Spätestens wenn wir den Inhalt des Rucksacks mit Krügers Aussagen kombinieren, wird sich ein ziemlich deutliches Bild ergeben. Und Krüger wird reden, darauf können Sie sich verlassen.«

Kristin Seiler antwortete nicht.

»Sie sind festgenommen«, erklärte der Inselkommissar. »Wegen des Verdachts der Hehlerei. Sie haben das Recht zu schweigen.«

Und sie schwieg. Doch nicht für lange.

Kapitel 22

Im Laufe des nächsten Tages kristallisierte sich mehr und mehr ein konkreteres Bild der Abläufe aus der vergangenen Nacht heraus.

Die gestohlenen Juwelen konnten sichergestellt werden. Kristin Seiler wurde den Behörden vom Festland übergeben, ebenso wie Leon Krüger, der zunächst in ein Krankenhaus in Wilhelmshaven eingeliefert wurde, wo er unter polizeilicher Überwachung stand.

Krüger war noch nicht konkret vernommen worden. Bei seiner Festnahme und Überführung in die Langeooger Polizeidienststelle hatte er jedoch vehement bestritten, Felix Boehm umgebracht zu haben. Er habe sich lediglich gegen den Mann zur Wehr gesetzt und im Verlauf der Auseinandersetzung blind mit dem Messer zugestochen.

Die Obduktion von Boehms Leiche hatte jedoch ergeben, dass der Mann durch mehrere Messerstiche getötet worden war.

Gerret Kolbe saß am späten Nachmittag an seinem Schreibtisch, um einen vorläufigen Bericht anzufertigen, als Rieke Voss ihr gemeinsames Büro betrat.

Kolbe sah von seiner Arbeit auf. »Gibt es was Neues? Du siehst etwas irritiert aus.«

»Allerdings«, gab Rieke zurück. Sie ließ sich mit einem leichten Seufzen auf ihrem Bürostuhl nieder und nahm einen großen Schluck aus der Wasserflasche, die sie mitgebracht hatte.

Die Temperaturen auf der Insel lagen auch an diesem Tag wieder weit über dreißig Grad.

»Die Ergebnisse aus der KTU sind eingetroffen. Das Messer, mit dem Boehm erstochen wurde, weist keinerlei Fingerabdrücke auf.«

Kolbe hob die Augenbrauen. »Das klingt ungewöhnlich. Und es passt so gar nicht zu der Geschichte, die Krüger uns erzählt hat. Auf der anderen Seite liegt es natürlich auf der Hand, dass er keine Spuren hinterlassen wollte. Er hat sie abgewischt und ist dann erst getürmt.«

»Wäre es dann nicht sinnvoller gewesen, wenn er das Messer mitgenommen und später entsorgt hätte?«

»Wer weiß schon, was in ihm vorgegangen ist«, gab Kolbe zu bedenken. »Immerhin stand er unter extremer Belastung. Da denkt man für gewöhnlich nicht allzu klar.«

»Irgendwie merkwürdig finde ich das Ganze trotzdem«, antwortete Rieke. Sie ließ den Plastikdeckel ihrer Wasserflasche durch ihre Finger wandern.

Sie sollten sich an diese Unterhaltung zurückerinnern, als kurz vor achtzehn Uhr zwei Personen die Dienststelle betraten.

Enno Dietz begrüßte sie am Eingang und nahm ihr Anliegen auf. Der junge Beamte runzelte die Stirn und bat die beiden, kurz am Empfangstresen zu warten.

Kolbe und Voss blickten auf, als ihr Kollege das Büro betrat.

»Habt ihr kurz Zeit?«, fragte er. »Es geht noch mal um den Fall Boehm.«

»Was ist damit?«, fragte Rieke.

»Frau Lena Wulf steht vorne, mit einem älteren Herrn. Sie sagt, dass er gerne eine Aussage zur letzten Nacht machen möchte.«

Die Inselkommissare sahen sich leicht irritiert an.

»Dann bring die beiden mal her«, entschied Rieke.

Enno nickte eifrig und war bereits aus der Tür verschwunden.

»Lena Wulf«, sagte Rieke nachdenklich, »sie wohnt doch momentan in der Gartenstraße.«

Kolbe wollte etwas erwidern, doch da war Enno bereits mit den beiden Besuchern eingetroffen. Er nickte seinen beiden Vorgesetzten zu.

»Guten Abend, Frau Wulf«, sagte Kolbe und reichte der jungen Frau die Hand.

Lena erwiderte den Gruß und deutete auf den älteren Mann neben ihr, der einen ruhigen und bescheidenen Eindruck machte. »Das ist Herr Hartwig Pohl, der Vater meiner Partnerin Nadine.«

Der Alte nickte den beiden Kommissaren zu.

»Bitte setzen Sie sich doch.« Rieke Voss deutete auf die freien Besucherstühle seitlich neben den Schreibtischen. »Was können wir für Sie beide tun?«

Lena sah den Mann an ihrer Seite an. »Herr Pohl möchte gerne eine Aussage machen. Es geht um letzte Nacht. Aber ich sollte vielleicht einiges zur Erklärung vorausschicken.«

Rieke lächelte und vollführte eine einladende Handbewegung.

Die junge Frau war nervös, hatte ständig mit einer Haarsträhne zu tun, die ihr immer wieder ins Gesicht fiel.

»Es ist so«, begann sie, »Nadine hatte vor wenigen Jahren einige Probleme mit … nun ja, mit Drogen. Sie ist aber jetzt seit über einem Jahr clean und so gut wie darüber hinweg. Allerdings hatte sie sich komplett zurückgezogen, nachdem es zu einem Streit mit ihrem Vater gekommen war. Die beiden haben sich entzweit, wie man so schön sagt. Über zwei Jahre gab es keinen Kontakt mehr zwischen den beiden. Ich weiß, dass es Nadine sehr zugesetzt hat. Sie hat furchtbar unter dieser Trennung gelitten. Und ich glaube, dass es ihrem Vater sehr ähnlich gegangen ist.«

Sie blickten zu Pohl hinüber, der gedankenverloren nickte.

Lena Wulf klemmte sich die widerspenstige Haarsträhne hinter das Ohr. »Ich habe irgendwann beschlossen, die Initiative zu ergreifen«, erklärte sie. »Als feststand, dass Nadine und ich unseren Sommerurlaub auf Langeoog verbringen werden, habe ich ihren Vater kontaktiert. Das Ziel war, ein Treffen zwischen den beiden zu arrangieren. Wie Sie sich vielleicht denken können, war die Planung nicht ganz einfach. Nadine ist noch immer sehr menschenscheu und verlässt das Haus am liebsten nur im Dunkeln. Ich habe sie also gestern zu einem langen Strandspaziergang überredet. Da es erst so spät dunkel wird, sind wir gegen elf Uhr abends aufgebrochen. Ich wusste, dass Herr Pohl ein Zimmer hier auf der Insel gemietet hat. Ich rief ihn an und sagte ihm, in welcher Richtung wir unterwegs waren. Und er machte sich auf den Weg. Auf seinen Weg zum Strand hinunter ist er an der

Schutzhütte beim Pirolatal vorbeigekommen. An dieser Stelle sollten Sie vielleicht übernehmen.«

Lena blickte den Alten an.

Pohl nickte.

»Ich kam dort gegen Mitternacht an«, begann er. »Mein Ziel war der kurze Weg, der von dort direkt auf den Strand führt. Als ich plötzlich aufgeregte Stimmen hörte, blieb ich vor Schreck stehen. Da waren zwei Männer, die plötzlich aufeinander losgingen.«

»Einen Augenblick mal«, entfuhr es Rieke. »Wollen Sie damit andeuten, dass Sie die Tat gestern Nacht beobachtet haben?«

Pohl nickte und breitete seine Hände aus. »Es tut mir aufrichtig leid, dass ich erst jetzt zu Ihnen komme, aber … ich habe lange gebraucht, um mir darüber klar zu werden, was genau ich da gestern gesehen hatte.«

»Dann fahren Sie bitte fort, Herr Pohl«, sagte Kolbe.

»Ich sah also, wie der Mann auf dem Fahrrad durch den anderen von hinten attackiert wurde. Es kam zu einem Kampf. Die Männer bewegten sich jedoch plötzlich außerhalb der Reichweite der Fahrradlampe, sodass ich für die Dauer von vielleicht einer Minute nur Geräusche wahrnahm. Ich hörte einen Schrei. Ein Mann taumelte auf das Fahrrad zu. Es war der Mann, der zuerst angegriffen worden ist.«

»Krüger«, murmelte Rieke.

»Ich sah, dass er an der Schulter verletzt war. Er blutete stark. Dennoch brachte er es fertig, auf sein Rad zu steigen und davonzufahren. Der andere blieb im Dunkel zurück.«

»Was passierte dann, Herr Pohl?«, fragte Kolbe leise. »Ist überhaupt danach noch etwas geschehen?«

»Ja«, antwortete der alte Mann. »Genau aus diesem Grund bin ich gekommen, weil ich gehört habe, dass die Tat dem Mann angekreidet werden soll, den Sie Krüger genannt haben. Sie müssen meine Situation verstehen: Ich hatte Angst. Ich wollte nicht in etwas hineingezogen werden. Trotzdem war ich drauf und dran, zu dem Mann am Boden zu gehen. Wissen Sie, ich habe angenommen, dass er tot war. Doch dann hörte ich ihn atmen und wie er versuchte, aufzustehen. Ich setzte mich gerade in Bewegung, als ich plötzlich leise Schritte hörte, die sich von rechts näherten. Ich wich zurück, weil ich auf keinen Fall erkannt werden wollte. Ich wusste ja immerhin nicht, wer da kam oder was passieren würde.«

»Verständlich«, räumte Kolbe ein und forderte den Alten durch ein Handzeichen auf, weiter zu erzählen.

»Es war nicht viel zu erkennen«, fuhr Pohl fort. »Im Grunde habe ich nur Geräusche gehört. Stimmen. Die Stimme des Mannes am Boden und die einer Frau.«

»Konnten Sie verstehen, was die beiden gesagt haben?«, fragte Rieke.

Pohl wiegte seinen Kopf hin und her. »Leider nicht genau. Ich habe nur Bruchstücke gehört.«

»Hatten Sie den Eindruck, dass die beiden sich kannten?«, hakte die Kommissarin nach.

»Ja, das hatte ich. Die Frau sprach ihn mit seinem Vornamen an. Felix. Sie hat dem Mann auf die Füße geholfen. Er hatte offenbar Schmerzen, doch er konnte sich noch klar artikulieren. Die beiden gingen ein paar Schritte zusammen. Ich glaube, in Richtung der Schutzhütte. Ich konnte nicht mehr verstehen, was sie sagten. Doch die Aggression in ihren Stimmen nahm deutlich zu. Und mit einem Mal hörte ich ein Geräusch. Ein dumpfes, seltsames Geräusch, so als würde jemand mit einem Messer zustechen. Sofort darauf begann der Mann zu schreien. Er taumelte … taumelte direkt auf mich zu. Für einen schrecklichen Moment glaubte ich, er würde mich erkennen, aber dann brach er wenige Schritte vor mir zusammen. Ich lief davon, umkreiste die Stelle weitläufig und kehrte nachher auf anderem Weg im Dunkeln zu der Schutzhütte zurück. Aber da war die Frau bereits verschwunden. Und kurz darauf – nur ein paar Minuten später – erreichten Sie beide den Tatort. Ich war hinter der Hütte, aber … ich habe mich nicht hervorgetraut. Ich bitte Sie deswegen um Entschuldigung.«

***

Nicht einmal eine Stunde später öffnete sich im Nordseehotel auf Langeoog eine Zimmertür.

»Guten Abend, Frau Boehm«, sagte Kolbe. »Wir hätten Sie gerne einen Augenblick gesprochen.« Der Kommissar deutete auf seine Kollegin.

Alina Boehm blinzelte. »Ja … worum geht es denn?«

»Wir würden das gerne nebenan im kleinen Konferenzzimmer mit Ihnen besprechen.«

Sie nickte. »Kann ich … kann ich meinen Kindern noch kurz Bescheid geben?«

Kolbe nickte und deutete in das Zimmer hinein. Sicherheitshalber stellte er einen Fuß in die Tür, damit man sie ihnen nicht vor der Nase zuschlagen konnte.

Die Inselkommissare hörten Alina Boehm drinnen einige wenige Worte mit ihren Kindern wechseln. Dann kehrte sie an die Tür zurück.

»Bitte«, sagte Rieke und deutete auf den geöffneten Konferenzraum.

»Frau Boehm, kann es sein, dass Sie uns zu den Abläufen von gestern Nacht nicht die Wahrheit erzählt haben?«, nahm Kolbe das Gespräch auf, nachdem sie die Tür hinter sich geschlossen hatten.

»Inwiefern?«, fragte Alina. »Ich habe Ihnen doch alles gesagt!«

»Uns liegt inzwischen eine Zeugenaussage vor«, erklärte Rieke ernst. »Eine Aussage, aus der sich ergibt, dass Sie zwar kurz den Ort bei der Schutzhütte verlassen hatten, allerdings wenige Minuten später wieder dorthin zurückgekehrt sind.«

»Ja«, antwortete sie, »zusammen mit Ihnen.«

Rieke schüttelte den Kopf. »Nicht mit uns, sondern vorher. Sie kehrten zu Ihrem Mann zurück, als er noch am Leben war. Es gibt einen Augenzeugen, der behauptet, Sie hätten Ihrem Mann aufgeholfen und sich sogar noch mit ihm unterhalten.«

»Wer?«, presste Alina hervor. »Wer behauptet das?«

»Das spielt keine Rolle«, sagte Kolbe.

»Aber es war niemand da!« Alina Boehm hatte ihre Augen weit aufgerissen. Sie starrte die beiden Beamten nacheinander an.

»Der Zeuge berichtet weiter, dass er gehört hat, wie Sie das Messer benutzten und damit auf Ihren Mann einstachen. Ist das richtig, Frau Boehm?«

Sie schüttelte energisch den Kopf. »Nein, ich ... der Mann lügt! So ist es nicht gewesen!«

»Es passt alles zusammen«, beharrte der Kommissar. »Herr Krüger hat angegeben, nur einmal zugestochen und dann den Ort fluchtartig verlassen zu haben. Ihm blieb somit auch keine Zeit, seine Fingerabdrücke vom Griff des Messers abzuwischen.«

»Das haben Sie später erledigt«, ergänzte Rieke. »Zusammen mit Ihren eigenen Spuren.«

Alina Boehm verstummte. Ihr Gesicht war aschfahl geworden, genau wie ihre Lippen, die sie fest aufeinanderpresste.

»Warum haben Sie es getan, Frau Boehm?«, fragte Kolbe in ruhigem Ton.

In dem kleinen Raum entstand eine bedrückende Stille.

»Er ... er hat mir gesagt, dass er mich verlassen wird. Wegen dieser Frau ...«

»Welcher Frau?«, hakte Kolbe nach.

»Seiner alten Affäre. Sonja heißt sie. Er hat einfach nicht von ihr lassen können. Er hat mir erzählt, dass er vorgehabt hatte, die Juwelen zu verkaufen, um zusammen mit ihr ein neues Leben anzufangen.« Sie sah die Kommissare an. Ihr Blick hatte sich beruhigt und wirkte nun geklärter. Sie hatte offenbar begriffen, dass die Sache sich ihrem Ende näherte.

»Er hat mich somit nicht nur einmal verraten und betrogen, sondern mehrfach«, fügte sie hinzu. »Und dann war da immer noch dieses Messer. Ich überlegte nicht mehr, sondern nahm es in die Hand ... und stach zu!«

***

Am späten Abend verließen die Inselkommissare die Dienststelle. Das Gebäude hinter ihnen war dunkel. Gesa Brockmann und Enno hatten seit einer Stunde bereits Feierabend, nachdem sie veranlasst hatten, dass auch Alina Boehm den Kolleginnen und Kollegen vom Festland übergeben wurde, zusammen mit ihren beiden Kindern, für die nun übergangsweise eine Unterkunft gesucht wurde.

Die Kommissare blickten den letzten Sonnenstrahlen nach, wie sie ins Meer eintauchten und dort allmählich vergingen.

»Und das alles nur wegen dieser verdammten Steine«, sagte Rieke nachdenklich.

Kolbe nickte. »Die machen nichts als Ärger. Schon einer davon kann manchmal zu viel sein.«

Rieke lächelte. »Da spricht wohl jemand aus leidvoller Erfahrung?«

Ihr Kollege winkte ab. »Lass uns lieber gehen.«

Und das taten sie.

Die Nacht kam und brachte ein paar Sterne zum Vorschein. Sie glänzten und leuchteten weit über dem dunklen Meer, das die Insel umspülte.

- E N D E -

Ostfrieslandkrimi-Empfehlungen des Klarant Verlages

Kennen Sie auch schon die ersten Bände der Ostfrieslandkrimi-Serie **»Die Inselkommissare«** von **Marc Freund**?

Ihren Dienst auf Langeoog beginnen die Inselkommissare Gerret Kolbe und Rieke Voss am gleichen Tag – und bekommen sich erstmal gewaltig in die Haare!
Doch sie raufen sich zusammen. Gerret Kolbe, der erfahrene Ermittler aus der Großstadt, der auf die vermeintlich friedliche ostfriesische Insel versetzt wird. In seine alte Heimat, die er aber schon als kleines Kind verlassen hat. Und Rieke Voss, die waschechte Ostfriesin und frischgebackene Kommissarin aus Wittmund.
Gemeinsam lösen Kolbe & Voss spannende Mordfälle auf Langeoog und im unmittelbaren Umfeld der Nordseeinsel.

In der Serie sind bereits folgende Ostfrieslandkrimis erschienen:

»Langeooger Schampus«, Band 1
Taschenbuch-ISBN: 978-3-96586-243-2
eBook-ISBN: 978-3-96586-244-9

Die neuen Langeooger Inselkommissare Gerret Kolbe und Rieke Voss haben ihren ersten grausigen Mordfall zu lösen. Die Spur führt zu ausschweifenden Partys auf der ostfriesischen Insel, bei denen der Schampus in Strömen fließt …
Doch zunächst beginnt der Fall mit einer Vermisstenmeldung: Kurz vor der geplanten Abreise stellt der Langeoog-Urlauber Hajo Scholten schockiert fest, dass seine Frau Marianne und der zehnjährige Sohn Marten plötzlich spurlos verschwunden sind. Die handschriftliche Notiz »Es tut mir leid« ist alles, was ihm bleibt.

Die Kommissare Gerret Kolbe und Rieke Voss sind sich schnell sicher, dass etwas Furchtbares geschehen sein muss. Und tatsächlich lässt ein Leichenfund nicht lange auf sich warten. Die Ermittlungen führen zu einem geheimnisvollen Waldhaus. Offenbar nahm Marianne Scholten hier abends an dekadenten Partys teil, bei denen die attraktive junge Frau sich nur »Mary Ann« nannte. Hat einer der Partygäste im Champagner-Rausch die Kontrolle verloren? Oder steckt in Wirklichkeit etwas ganz anderes dahinter? Auch Hajo Scholten selbst macht sich nämlich durch widersprüchliche Angaben verdächtig. Irgendetwas ist auf der idyllischen Nordseeinsel völlig aus dem Ruder gelaufen …

»Langeooger Gier«, Band 2
Taschenbuch-ISBN: 978-3-96586-271-5
eBook-ISBN: 978-3-96586-272-2

»Langeooger Zwielicht«, Band 3
Taschenbuch-ISBN: 978-3-96586-338-5
eBook-ISBN: 978-3-96586-339-2

»Langeooger Mörder«, Band 4
Taschenbuch-ISBN: 978-3-96586-393-4
eBook-ISBN: 978-3-96586-394-1

»Langeooger Blut«, Band 5
Taschenbuch-ISBN: 978-3-96586-510-5
eBook-ISBN: 978-3-96586-511-2

»Langeooger Rache«, Band 6
Taschenbuch-ISBN: 978-3-96586-587-7
eBook-ISBN: 978-3-96586-588-4

»Langeooger Leiche«, Band 7
Taschenbuch-ISBN: 978-3-96586-672-0
eBook-ISBN: 978-3-96586-673-7

»Langeooger Spuk«, Band 8
Taschenbuch-ISBN: 978-3-96586-713-0
eBook-ISBN: 978-3-96586-714-7

»Langeooger Legende«, Band 9
Taschenbuch-ISBN: 978-3-96586-868-7
eBook-ISBN: 978-3-96586-869-4

»Langeooger Juwelen«, Band 10
Taschenbuch-ISBN: 978-3-96586-958-5
eBook-ISBN: 978-3-96586-959-2

Klarant Verlag

Lernen Sie die Ostfrieslandkrimi-Titel des Klarant Verlages kennen und besuchen Sie uns im Internet unter:

www.ostfrieslandkrimi.de

und

www.klarant.de

Sie können dort Näheres über unsere Autorinnen und Autoren erfahren, viele weitere interessante Bücher und eBooks finden und Leseproben herunterladen. Mit dem kostenlosen Newsletter erhalten Sie aktuelle Informationen rund um das Verlagsprogramm, wie beispielsweise spannende Neuerscheinungen und Gewinnspiele.